linhaalinha

(desenhosescritos)

Evando Nascimento

evando nascimento

linha a linha

[desenhos-escritos]

poema-rio

[grafismos ao correr da pena]

KOTTER EDITORIAL

Coordenação editorial: Sálvio Nienkötter
Editor-executivo: João Lucas Dusi
Editor-adjunto: Claudecir de Oliveira Rocha, Daniel Osiecki
Capa: Jussara Salazar
Design editorial: Carlos Garcia Fernandes
Produção: Cristiane Nienkötter
Preparação de originais e revisão: o Autor

Dados Internacionais de Catalogação na Publicação (CIP)
Angelica Ilacqua CRB-8/7057

Nascimento, Evandro
Linha a linha (desenhos-escritos) poema-rio / Evando Nascimento. -- Curitiba: Kotter Editorial, 2022.
120 p.

ISSBN 978-65-5361-109-2

1. Poesia brasileira I. Título

CDD B869.1

22-4806

Kotter Editorial Ltda.
Rua das Cerejeiras, 194
CEP: 82700-510 - Curitiba - PR
Tel. + 55(41) 3585-5161
www.kotter.com.br | contato@kotter.com.br

Feito o depósito legal
1a Edição
2022

evando nascimento

linha a linha

[desenhos-escritos]

poema-rio

[grafismos ao correr da pena]

apresentação

este livro são dois, que foram compostos simultaneamente, com as mesmas duas mãos. na primeira parte, o leitor e a leitora encontrarão a reprodução fiel de um *livro de artista visual*, realizado entre 2015 e 2017. todo escrito e desenhado artesanalmente, o volume, com um total de doze folhas, foi elaborado em papel canson no formato a3, a nanquim de cor preta. os *grafismos* são obviamente abstratos, e a escrita cursiva transcreve um texto originalmente escrito num editor eletrônico, cujo título é o mesmo que recobre todo este volume: *linha a linha (desenhos-escritos) poema-rio (grafismos ao correr da pena)*. este trabalho teve a inspiração, entre outras, nas iluminuras medievais, em que figura e escrita se colocam no mesmo patamar, sem se reduzirem a ilustrações (no caso das imagens) nem a legendas (no caso dos textos); difere, contudo, daquelas produções livrescas antigas por não ser dotado de cores nem de figurações em sentido estrito.

na segunda parte, vem *o texto propriamente dito*. ou seja, o poema em prosa *linha a linha*, que foi se escrevendo e sendo transcrito para o livro de artista gráfico. não há precedência de uma parte sobre a outra: texto digital e livro de artista gráfico foram concebidos de forma simultânea: quando traçava um esboço da página a ser desenhada, de imediato o texto no computador fluía, de modo que muitas vezes passei do teclado à caneta e ao papel, voltando em seguida à escrita digital, num vai e vem contínuo.

impresso, o trabalho como um todo são esses dois livros, que se miram e se espelham como a imagem diferida um do outro. cabe a quem abrir essas páginas recompor a unidade imaginária do livro, também livremente inspirado no projeto inacabado de stéphane mallarmé. mas, indago, não seria toda obra de fato *inacabada*, na medida em que, como queriam marcel duchamp e hélio oiticica, quem a completa é sempre o leitor ou o espectador, transformado em participador? para que isso efetivamente ocorra, é preciso que todo fruidor assuma também de algum modo o papel de artista ou de anartista...

agradeço imensamente à artista plástica suzana queiroga, por ter estimulado o projeto quando ainda estava no início, e ao editor salvio kotter, por tê-lo acolhido com o máximo interesse.

evando nascimento,
rio de janeiro, junho de 2022.

desenhosescritos

híbridos

(grafismosaocorrerdapena)

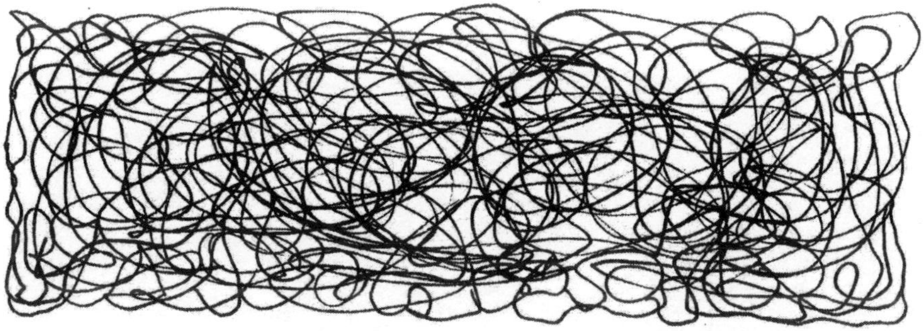

evandonascimento

riodejaneiro, 2015-2017

sumário

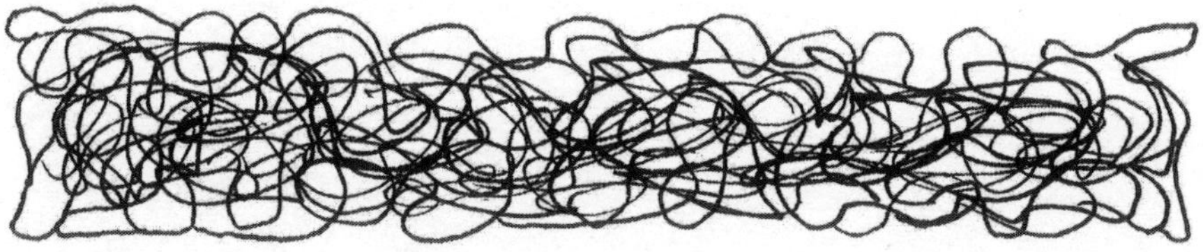

prefácio

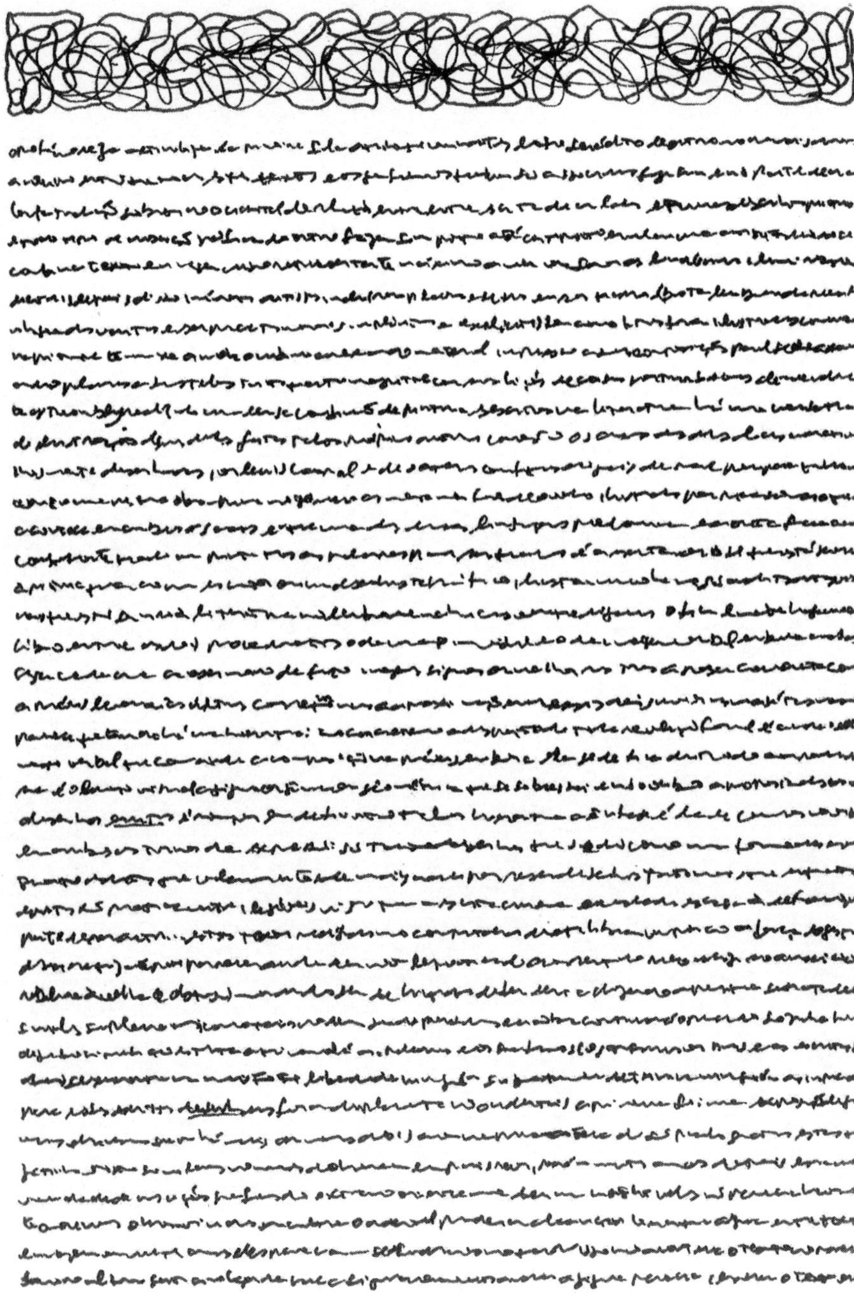

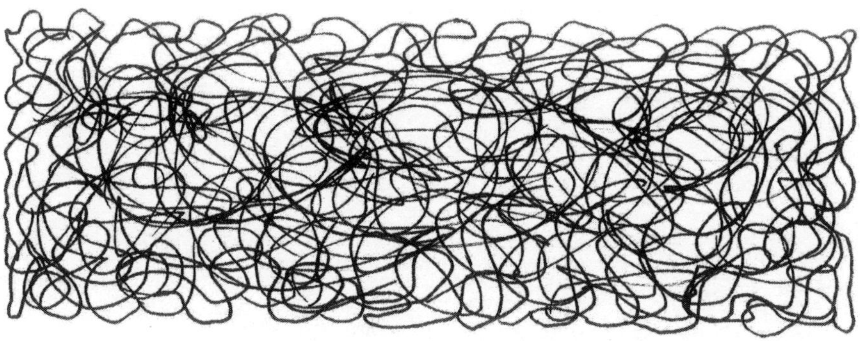

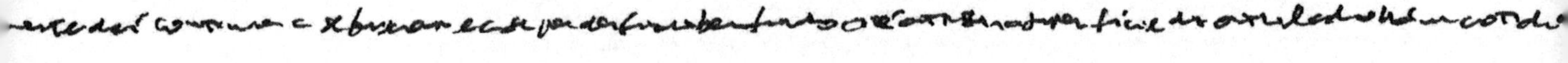

a linha

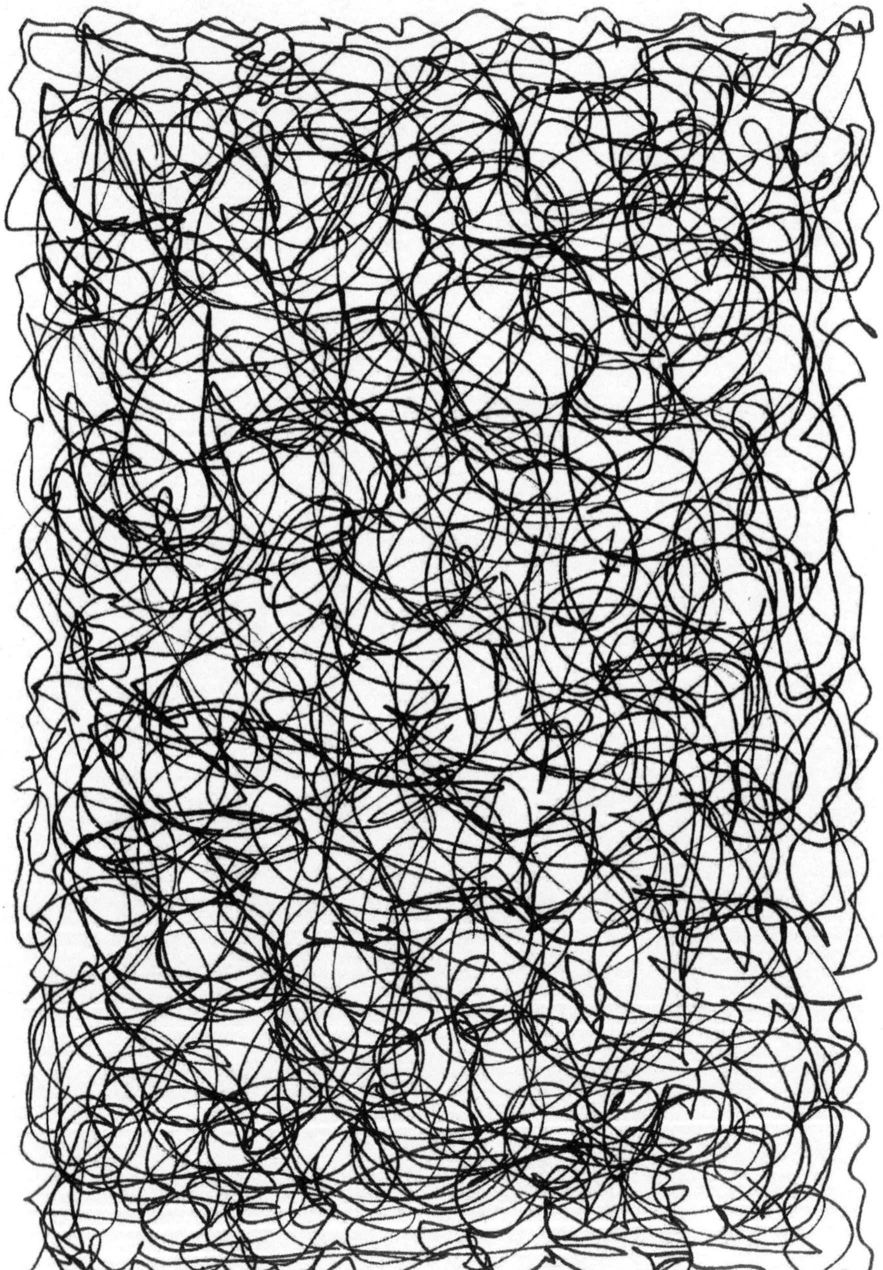

[illegible]

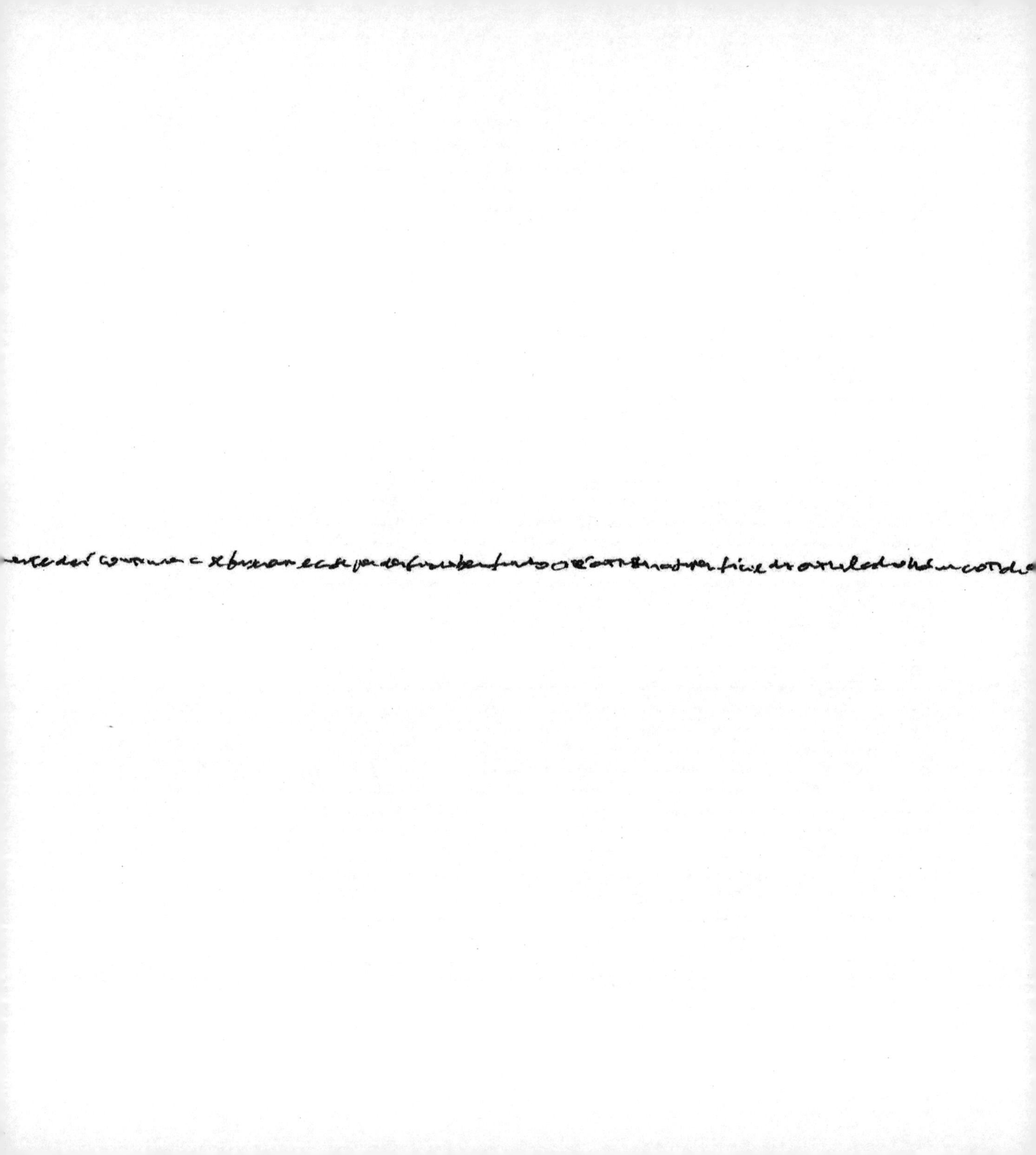

[illegible]

acenos

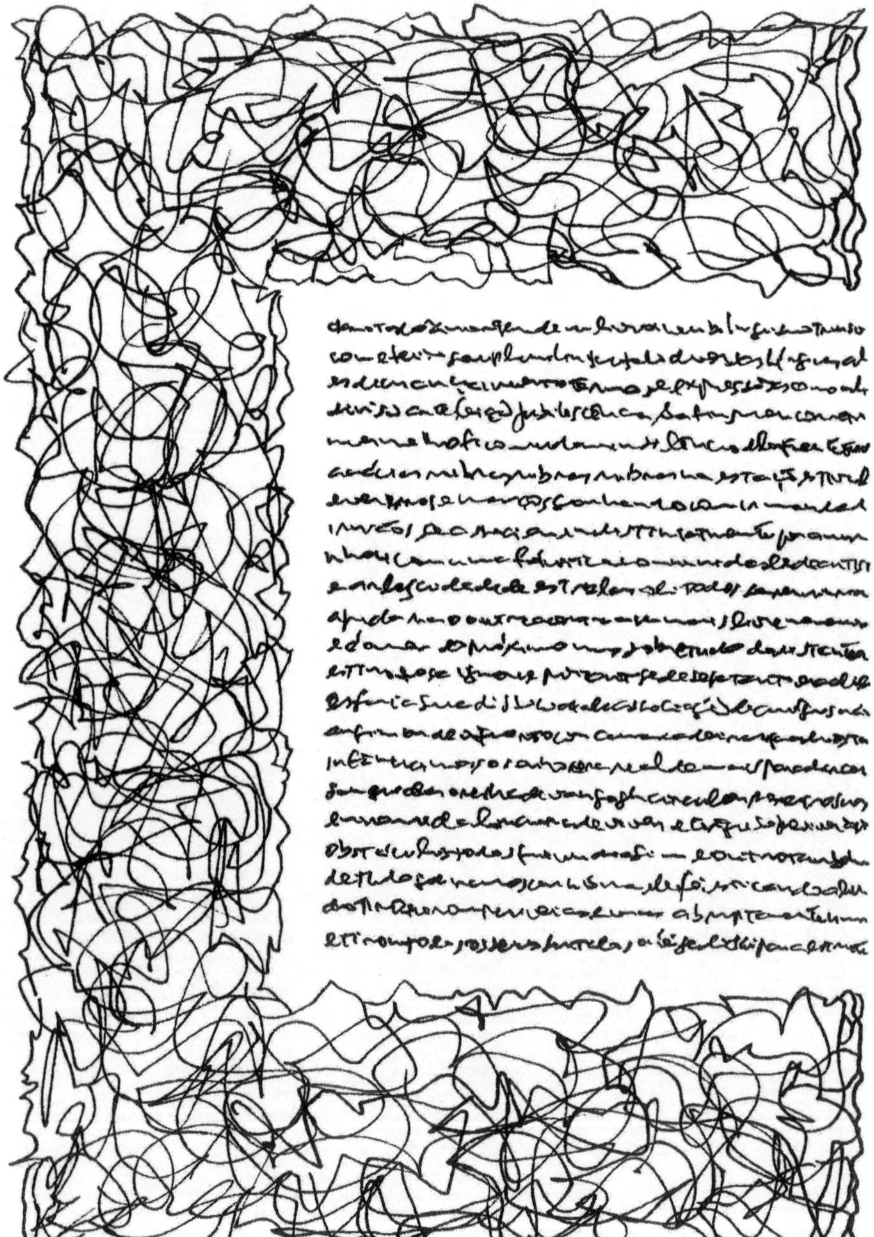

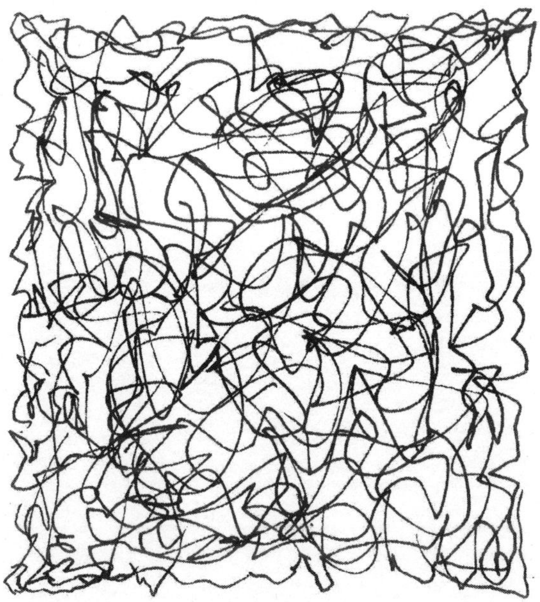

[illegible]

rabiscos no escuro

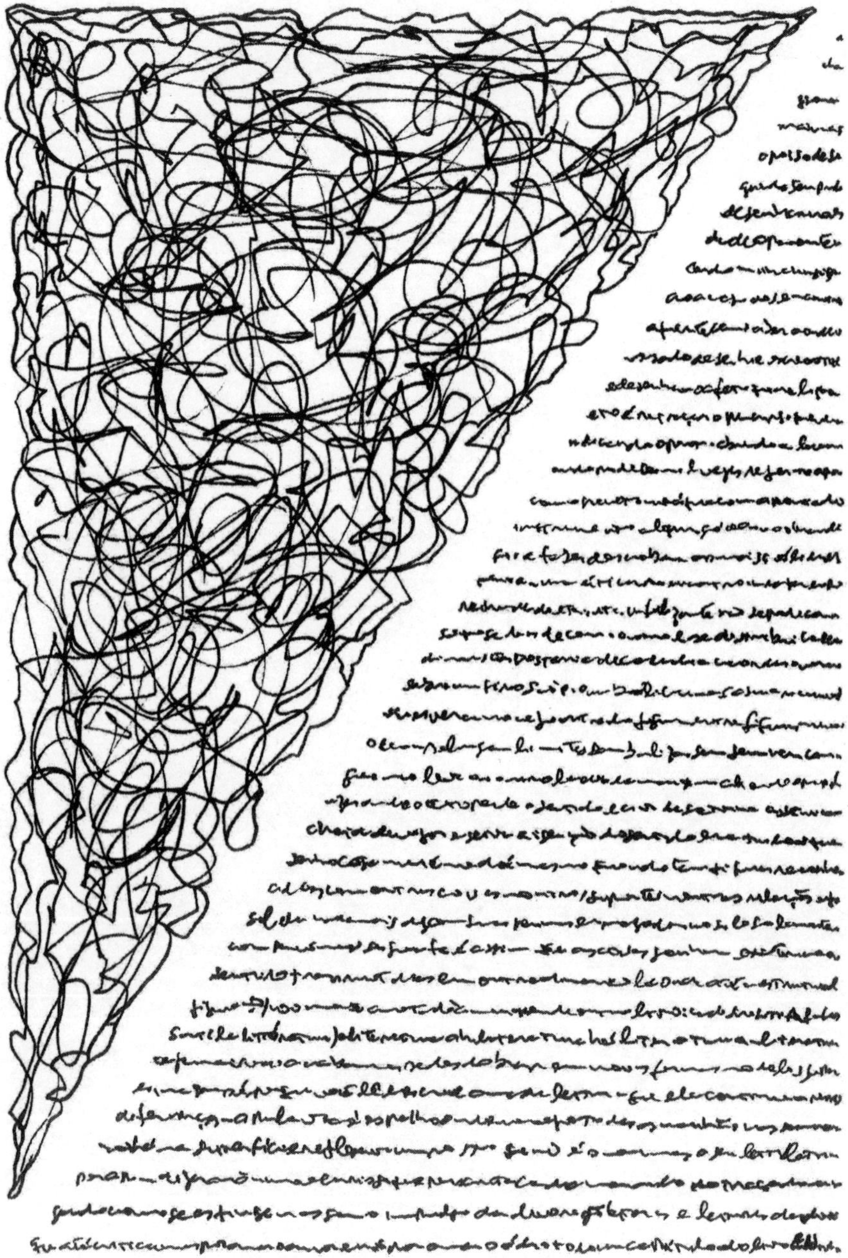

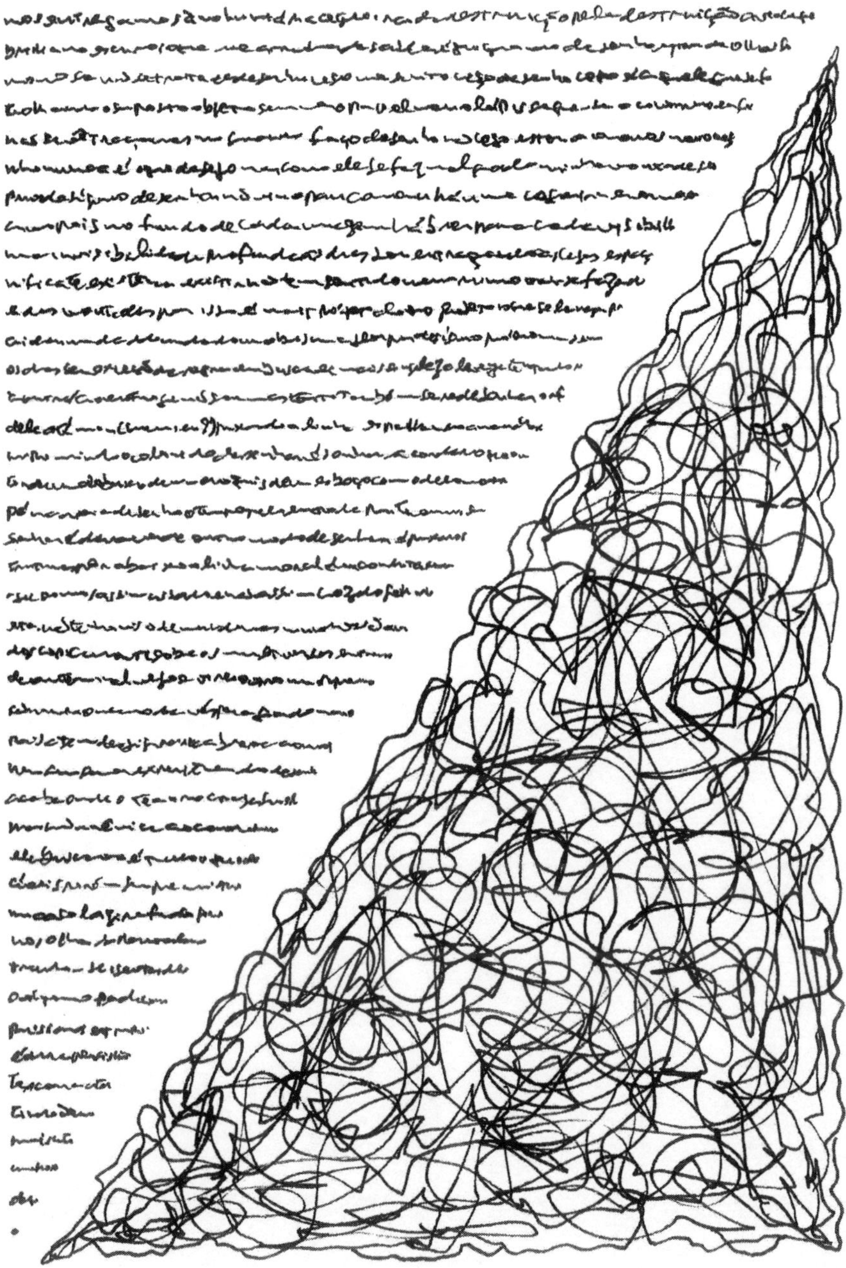

[illegible]

detritos corporais

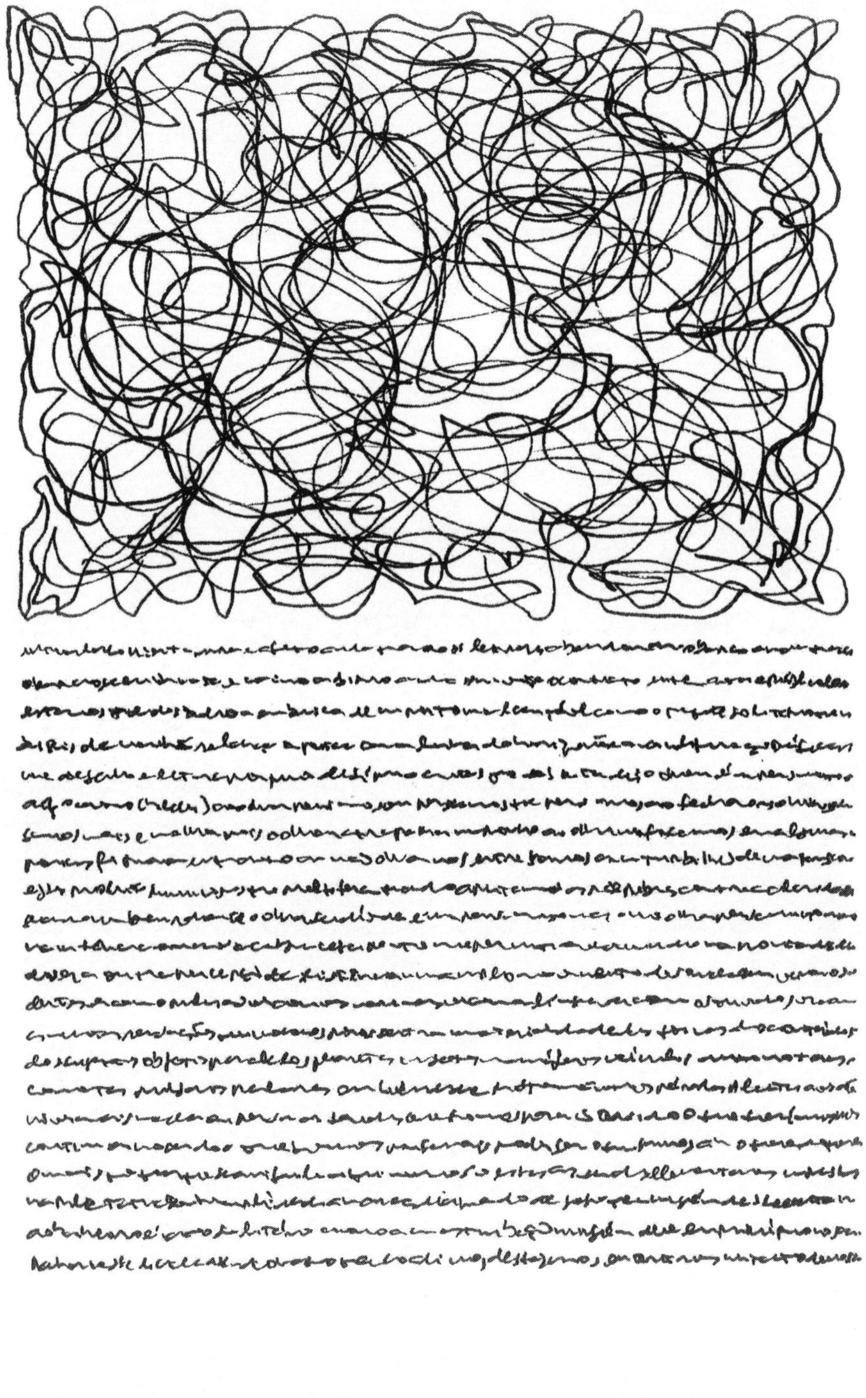

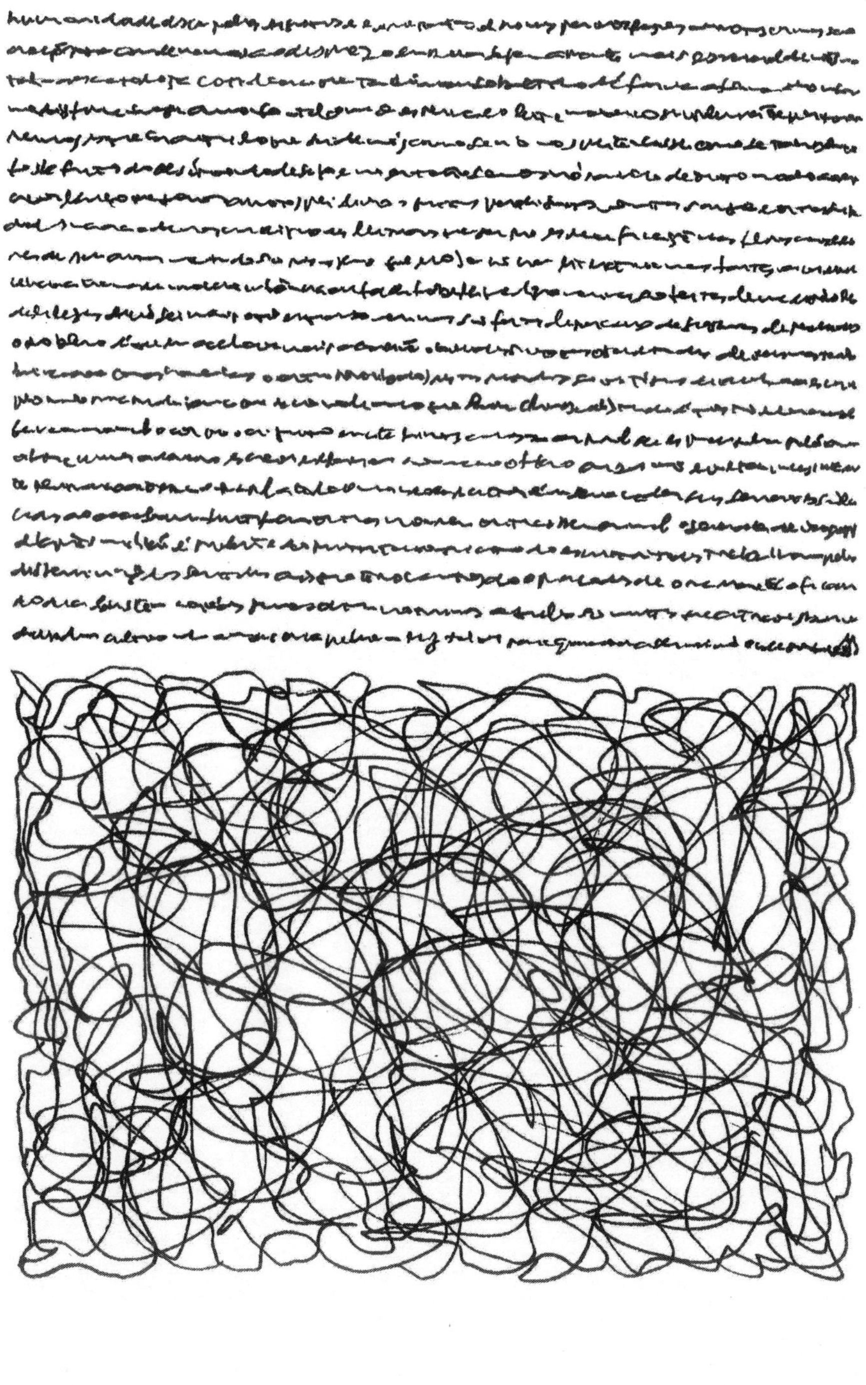

detritos corporais ii

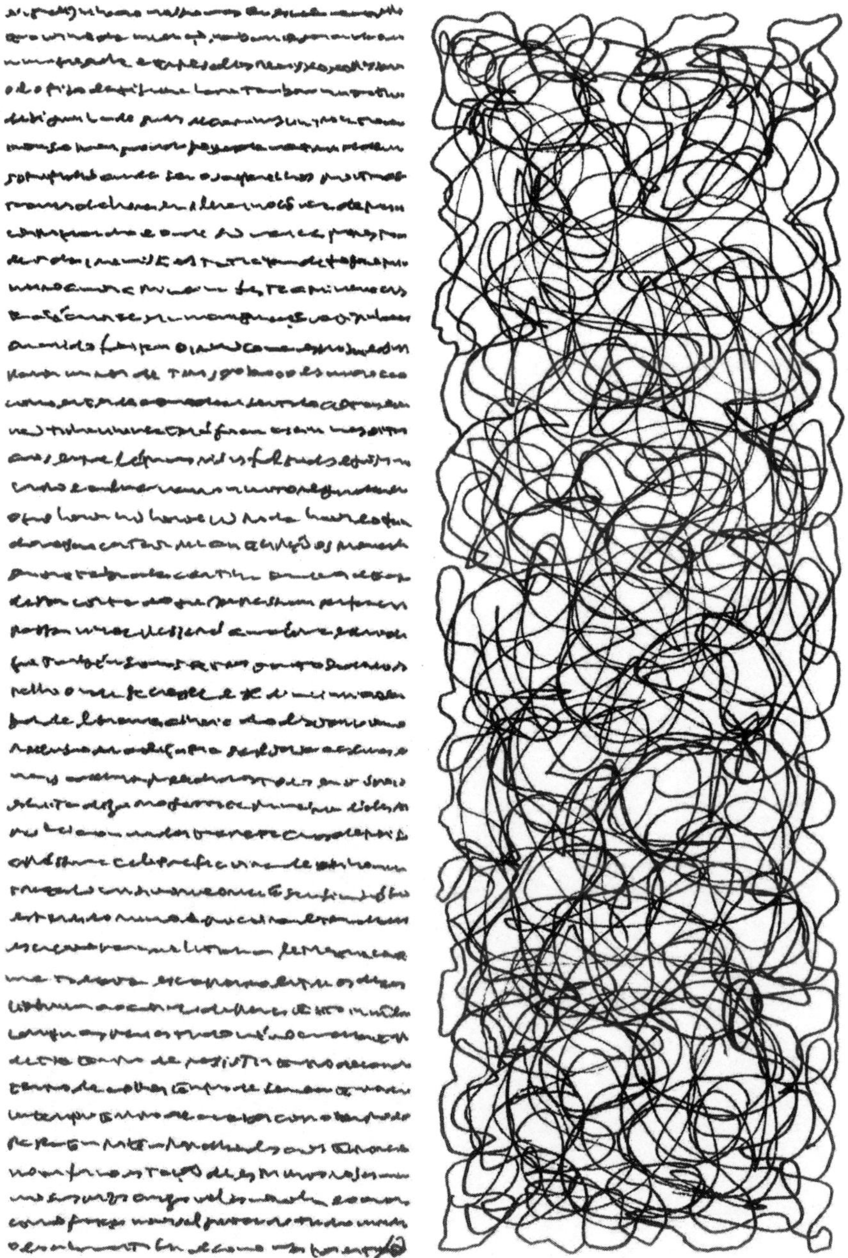

o ponto

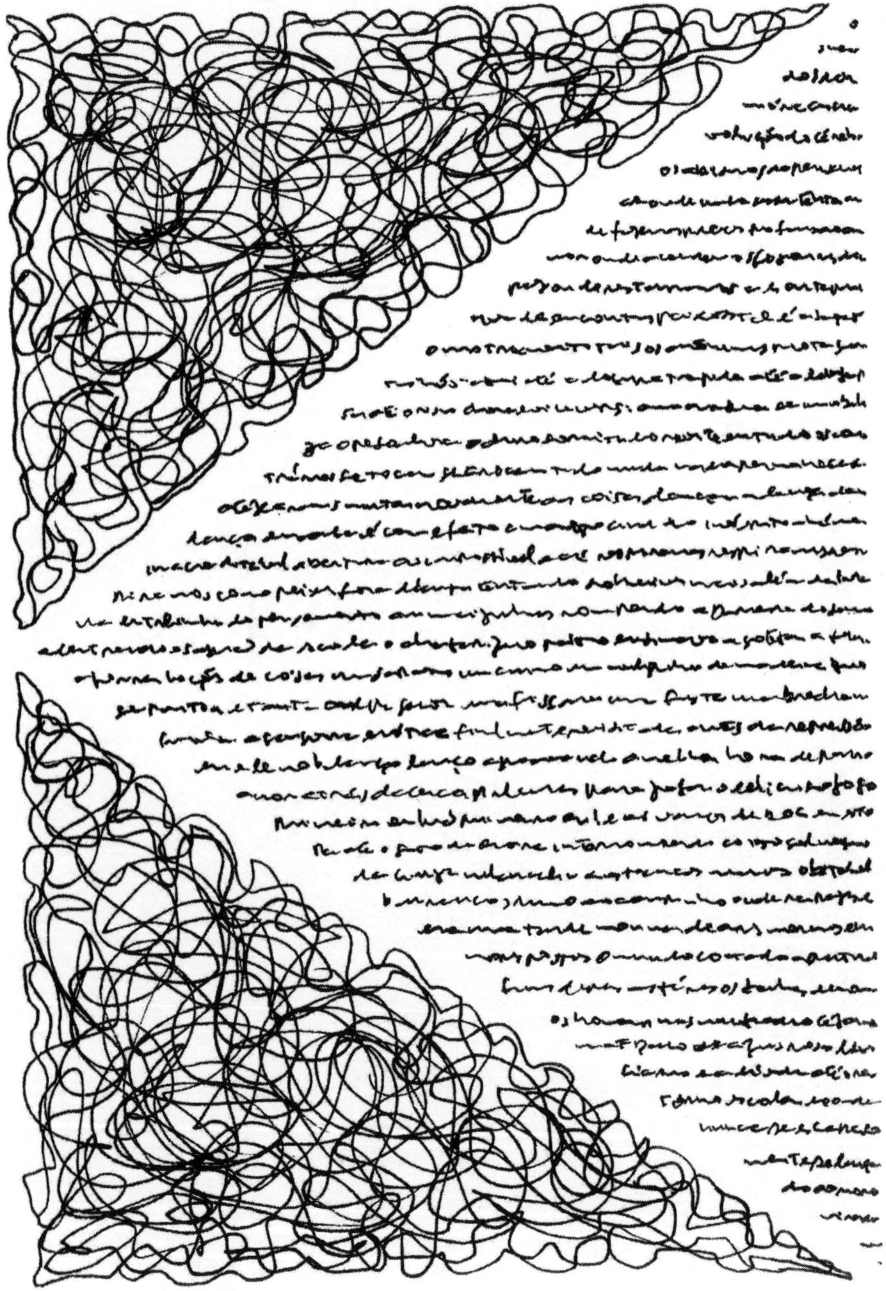

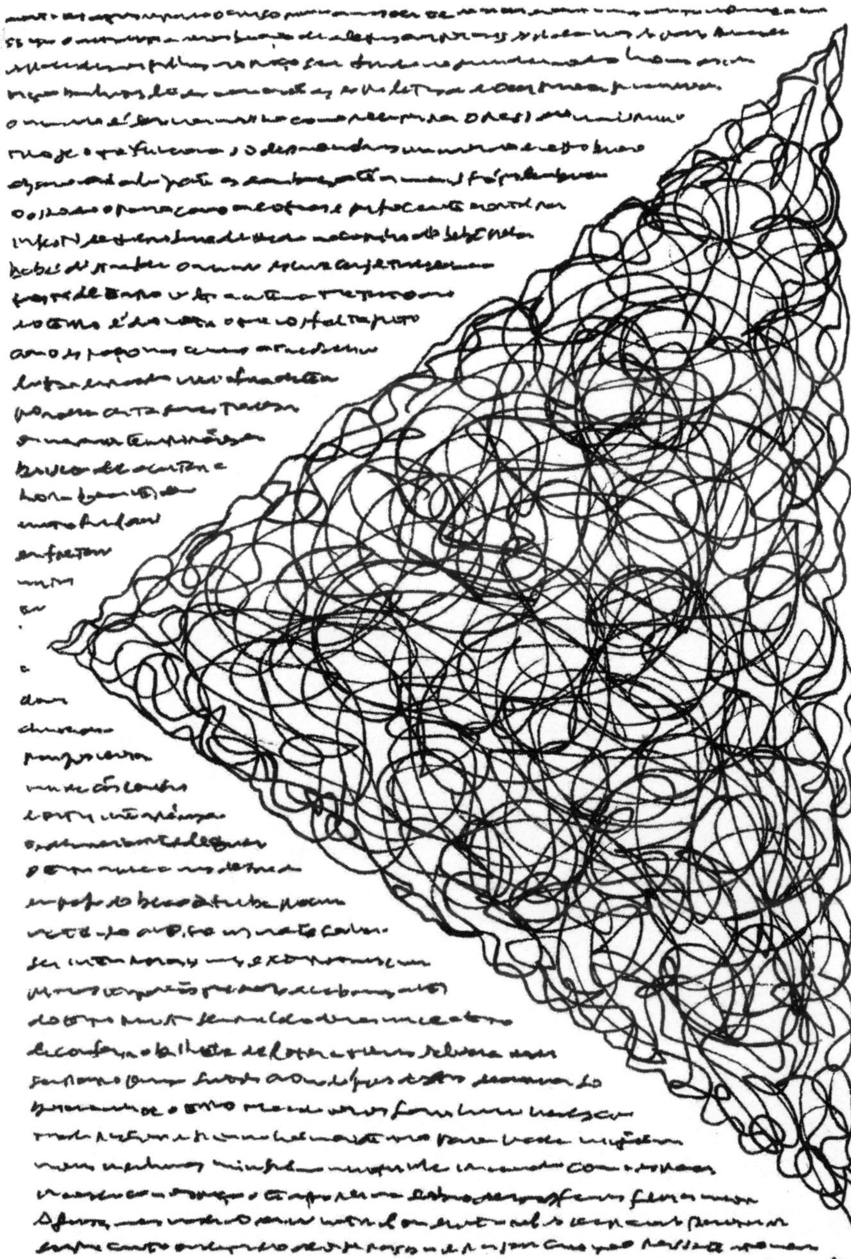

[illegible]

talhos

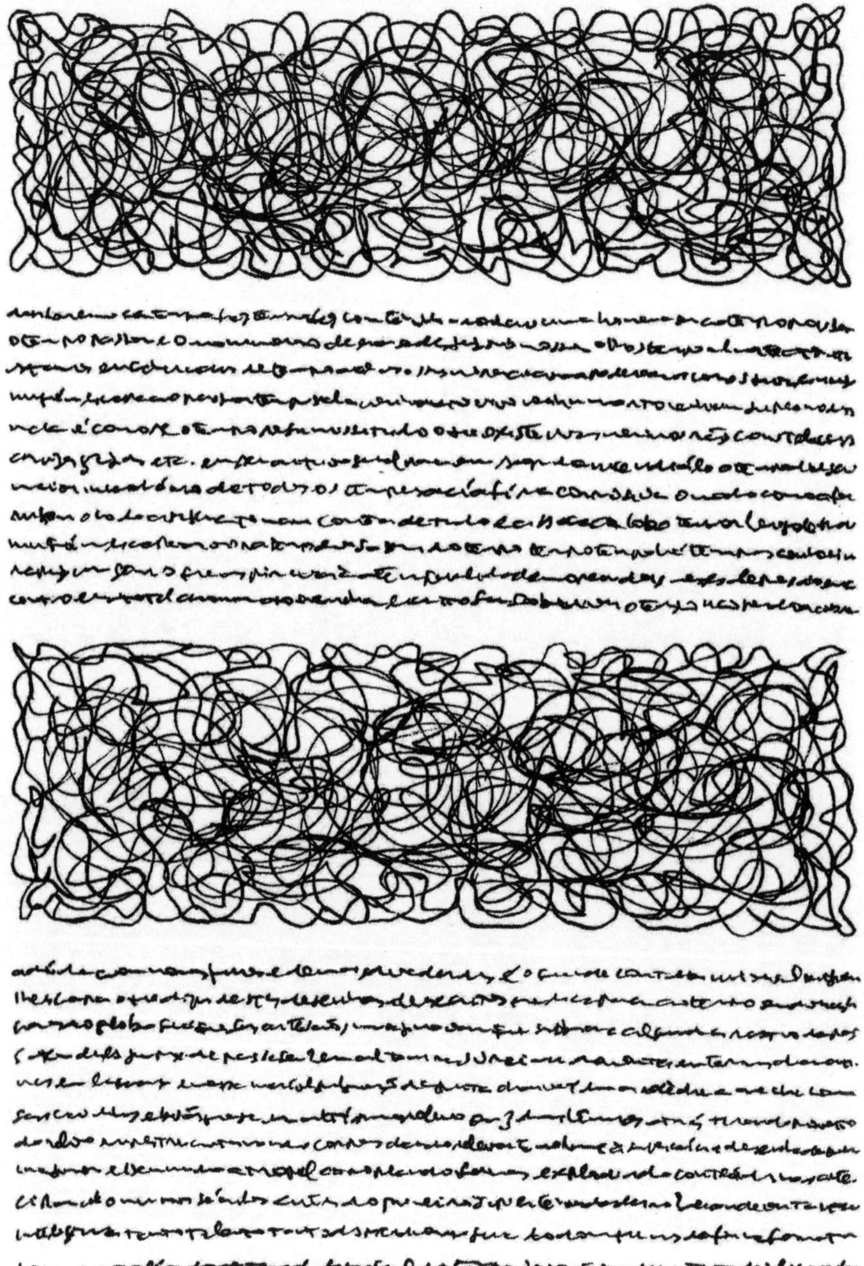

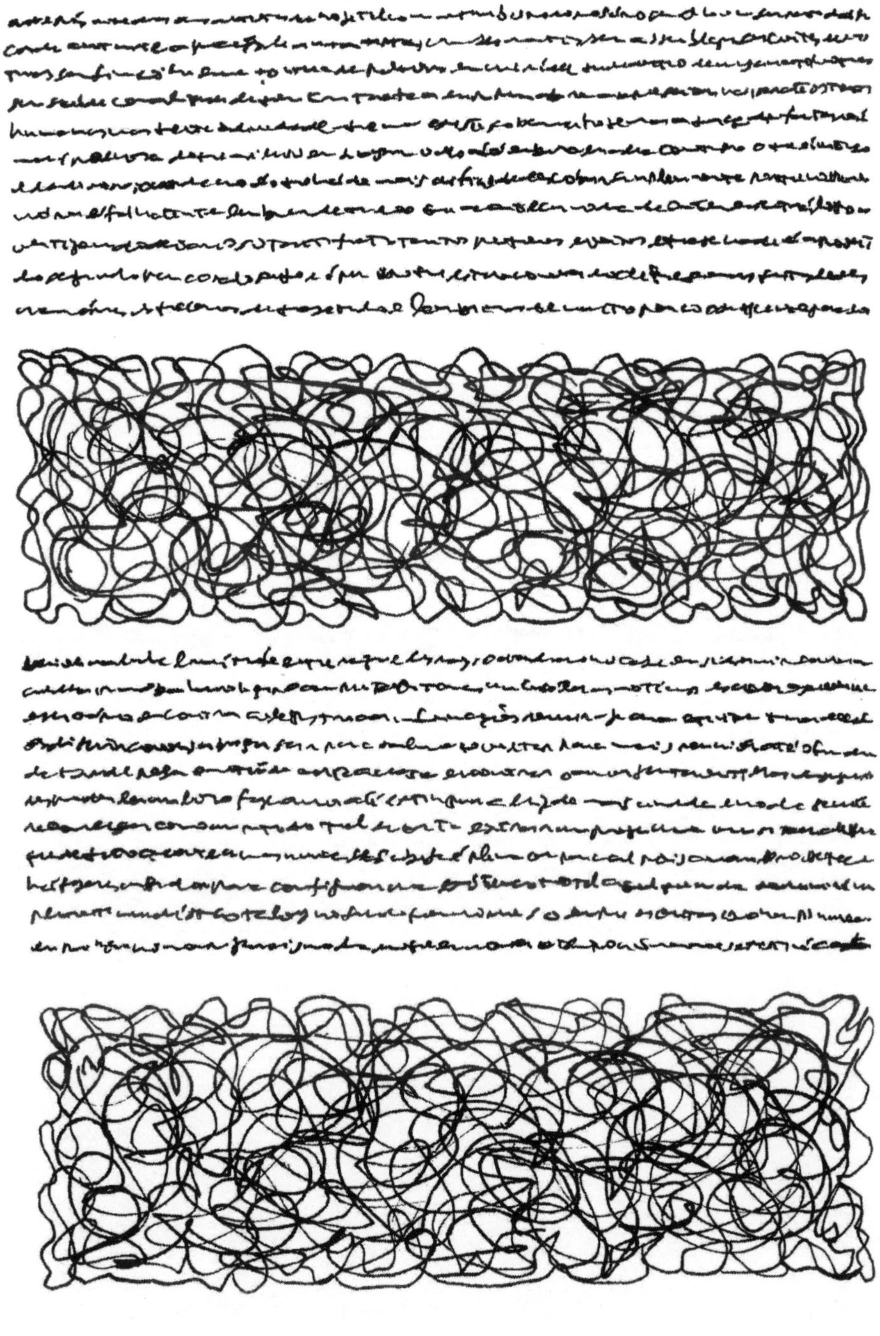

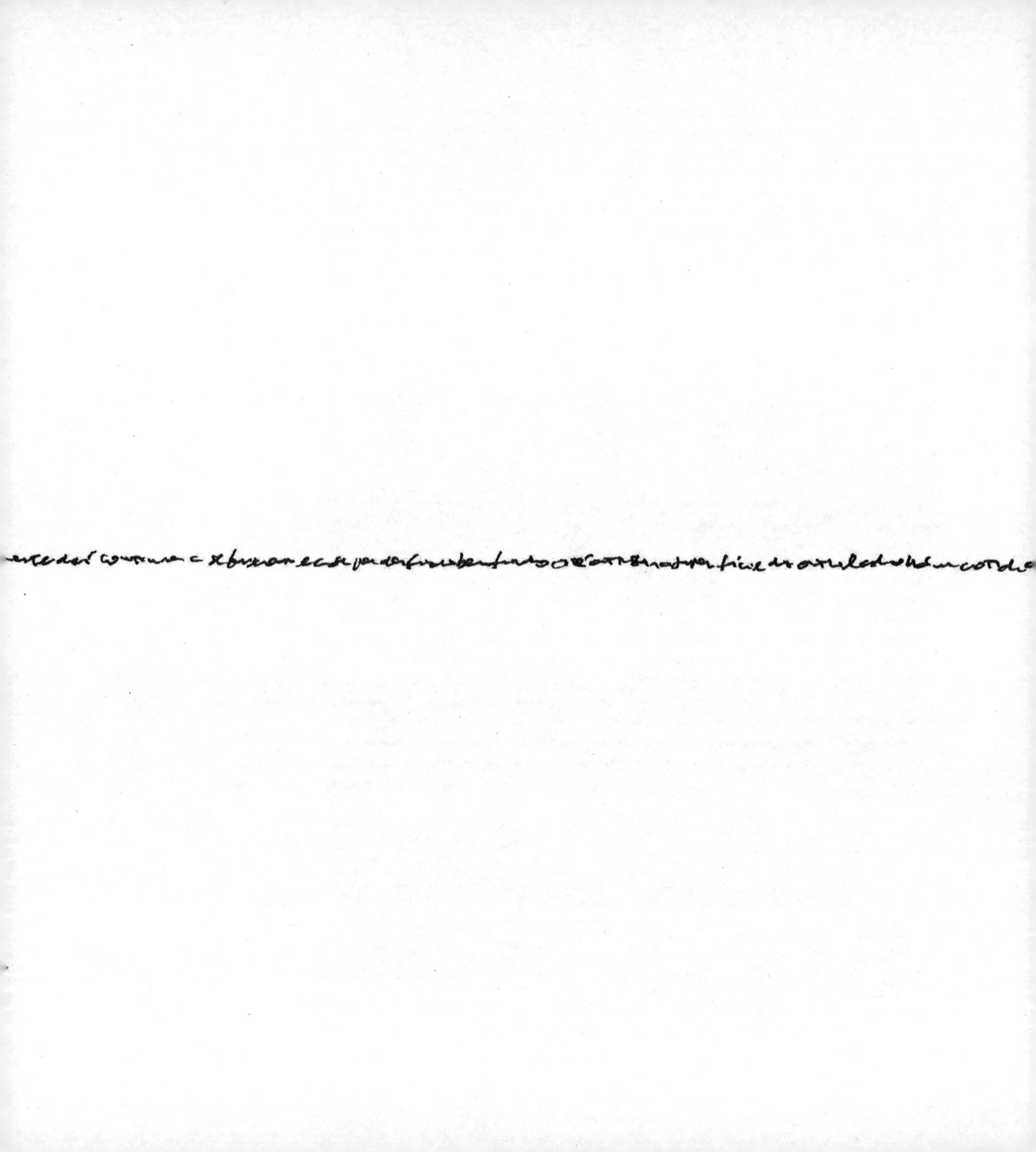

[illegible]

o vácuo

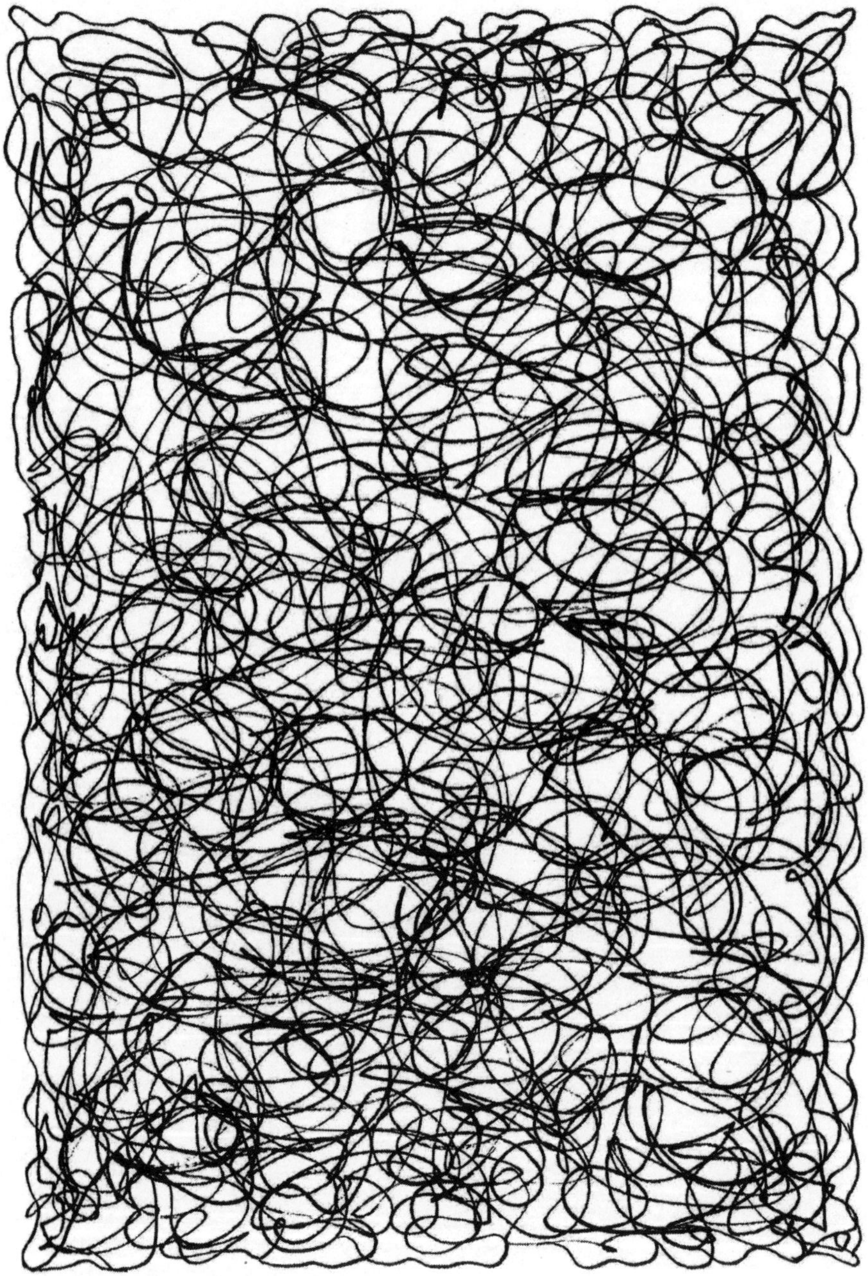

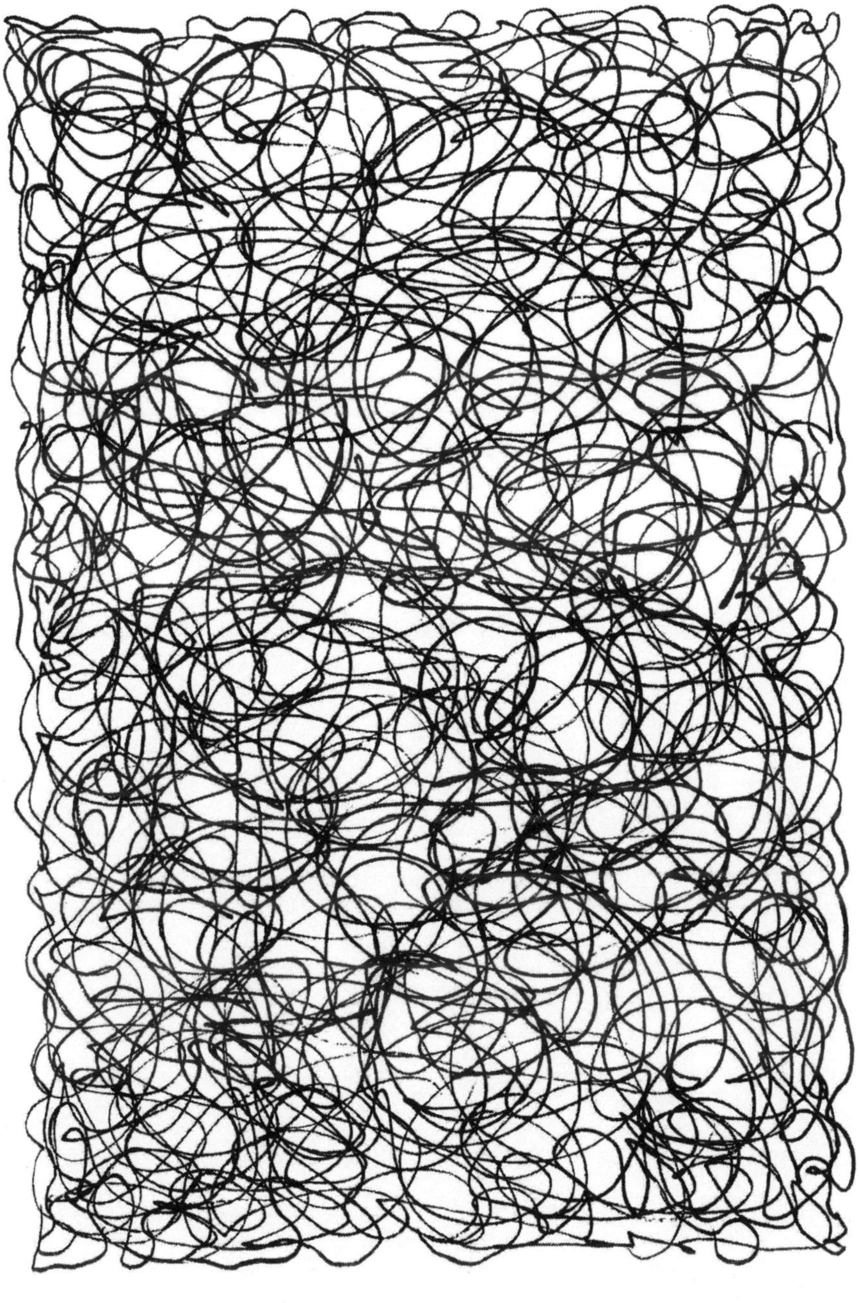

[illegible]

sinais de vida

[illegible]

entrelaces

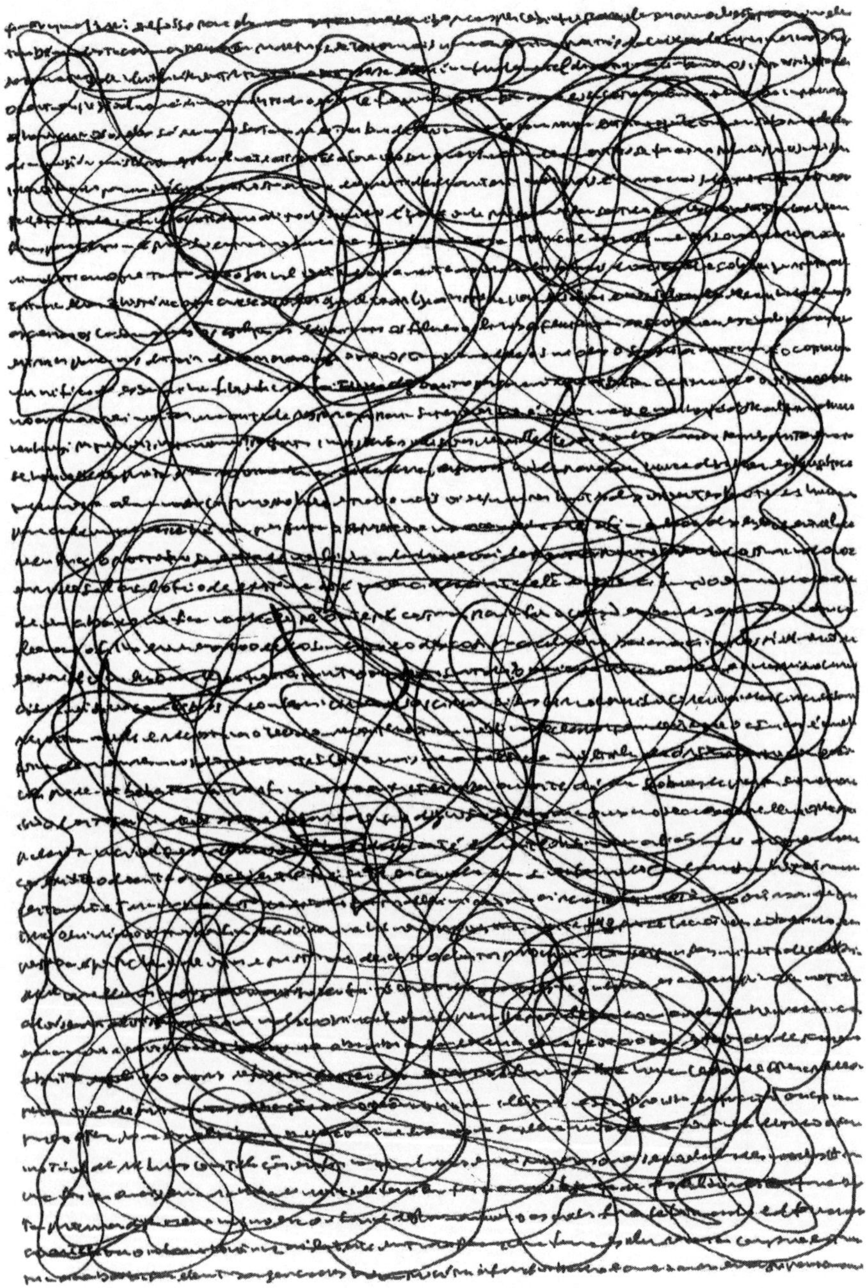

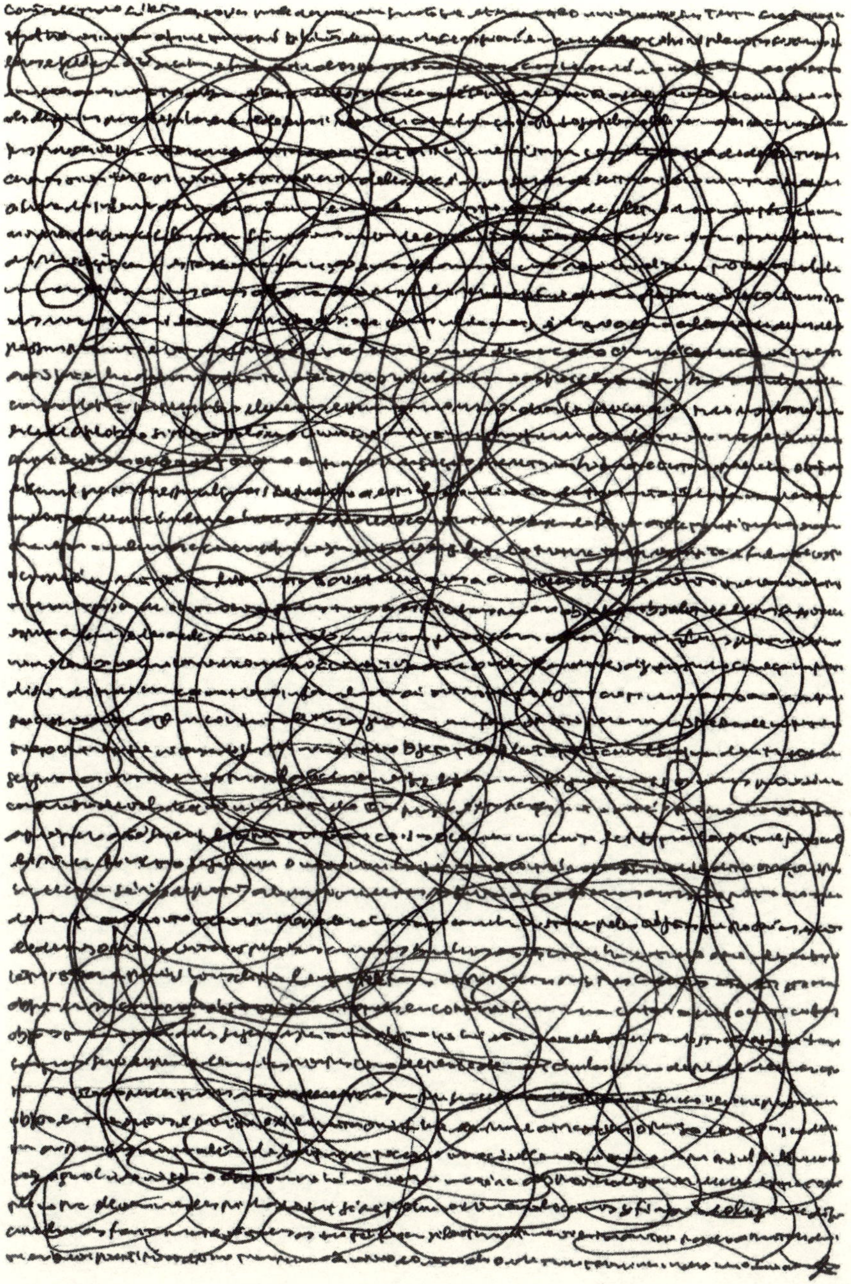

evando nascimento

linha a linha

[desenhos-escritos]

poema-rio

[grafismos ao correr da pena]

apenas uma fala-escrita

sobre o ato de desenhar(-se),

pois, como dizia montaigne,

é a mim mesmo que pinto,

ainda quando duvido...

sumário

prefácio do a(u)tor

o prefácio, reza a etimologia, é a primeira fala, aquilo que vem antes do que será dito, de outro modo, mais adiante. antecipo então que estes textos e todos os grafismos que lhes são associados fazem, sim e não, parte de uma longa tradição, sobretudo ocidental, de relações entre escrita, de um lado, e gravuras, desenhos, pinturas e todo tipo de inscrição gráfica, do outro. fazem, sim, porque até certo ponto *emulam* uma antiga disposição de se combinar texto & imagem, cujo representante máximo, a meu ver, foram as lindíssimas iluminuras medievais. depois disso, importantes artistas incluíram palavras e letras em seus quadros (basta lembrar da rica linhagem das vanitas e seus preceitos morais, implícitos ou explícitos), bem como livros foram ilustrados com imagens. na pintura, tem-se ainda o cubismo anexando material impresso a suas composições, paul klee associando palavras a suas telas, tanto quanto magritte com suas lições de coisas perturbadoras, além de, mais recentemente, cy twombly realizando uma densa combinação de pintura & escritos – entre nós, lena bergstein tem persistido nessa linha/gem. na literatura, há uma imensa tradição de ilustrações, algumas delas feitas pelos próprios escritores, como são os casos das duas *alices*, maravilhosamente desenhadas por lewis carrol, e do *ateneu*, com figuras originais de raul pompeia. tenho comigo uma pequena obra-prima no gênero: as *metamorfoses*, de ovídio, ilustradas por picasso. mas o que acontece aí é que uma das duas linguagens predomina e a outra fica como coadjuvante. quando um pintor traz a palavra para seus quadros é a escrita verbal que está servindo à pintura; quando um escritor ou um desenhista gráfico ilustra um volume, são as ditas artes visuais que estão servindo à literatura. é raro o caso em que, digamos, efetivamente, há um equilíbrio entre os dois procedimentos, o da imagem visual e o da imagem verbal, embora ambas sejam, cada uma a seu modo, de fato *imagens*, signos ou, melhor, *rastros*. a poesia concreta levou às últimas consequências a aproximação entre esses dois universos *imagéticos*, mas me parece que ainda há uma hierarquia: no concretismo, a despeito de toda a revolução formal, é ainda o elemento verbal que comanda a composição. a proposta destes desenhos-*escritos* é romper em definitivo qualquer hierarquia. a ênfase é dada com o mesmo vigor a ambos os termos da expressão: são tanto *desenhos* que se dão como uma forma de escrita, quanto *escritos* que valem antes de mais nada por serem desenhos, tanto mais que, enquanto escritos, são *quase* ilegíveis, visto que a escrita cursiva e emendada praticamente escapa à decifração por parte até de seu autor: na verdade, propõe outra forma de *legibilidade*, informada por riscos, pontos & traços, e não mais apenas por palavras. os textos redigidos no computador desequilibram um pouco a força do gesto desierarquizante, pois parecem ainda dar nova legitimidade ao significado, reconduzindo a inscrição rebelde à velha morada do ser da linguagem (verbal). defenderia apenas dizendo que se trata de simples *suplementos*; como tais, podem ser dispensados e a obra-desenho continuará operando sozinha, livre de qualquer significação estrita. aqui, como lá, as palavras e os grafismos (os grafismos *verbais* e as escritas *gráficas*) se encontram na mais total liberdade, nada submete nem determina nada. as inspirações para esses escritos *desenhados* foram duplamente não ocidentais. a primeira foi uma exposição de gravuras chinesas, que vi há mais ou menos dois anos na pinacoteca de são paulo, gravuras estas que eu já tinha visto similares no musée guimet – des arts asiatiques, em paris. porém, rever muitos anos depois essa imensa variedade de inscrições gráficas do extremo oriente me deu uma iluminação: nelas não parecia haver – até onde meus olhos saturados de cultura ocidental puderam alcançar – hierarquia alguma entre texto & imagem que em muitos casos pareciam se fundir, e mesmo quando isso não acontecia, o texto não parecia de modo algum servir como *legenda* para a figura, nem menos ainda a figura parecia *ilustrar* o texto. eram duas linguagens coabitando o mesmo espaço *gravural* e convergindo em seus propósitos *gráficos* (o fato de se tratar de ideogramas e não de alfabeto reforçava visualmente essa convergência, pois não faziam sentido para quem ali os admirava, no caso, "eu"). a segunda inspiração, bem mais recente, se deu com a leitura de um volume sobre a história da escrita, de steven roger fischer, com ele, descobri, do alto de minha ignorância, que a escrita árabe é um alfabeto, com raízes tão antigas e similares quanto nosso alfabeto latino. mas, como sou duplamente analfabeto em árabe (desconheço a língua e a escrita), nunca pude imaginar que havia letras ou, antes, sílabas naquela escrita para mim tão associada aos lindos arabescos (palavra cuja etimologia dispensa explicação). seja como for, fiquei imensamente atraído pela ideia (bastante falsa) de que a escrita árabe desconhece espaçamentos, parecendo, ao ignaro leitor brasileiro que sou, uma escrita contínua, em que os elementos se encadeiam sem interrupção. mesmo consciente de que se trata de uma falácia, essa "ideia" de uma escrita sem pausas me inspirou para retomar a *escrita cursiva* que abandonei há décadas em proveito de uma escrita com MAIÚSCULAS ou datilografada e, depois, digitada. sempre tive um grande trauma com minha escrita cursiva, ou *caligrafia*, como se diz: a despeito de todos os exercícios caligráficos que minha professora primária e hoje amiga dona dice me levou a fazer, minha letra foi ficando cada vez mais "feia" e, com o tempo, quase ilegível até para mim, daí a opção pela CAIXA ALTA, que, embora também grotesca em minha pluma, ao menos tem a qualidade de ser (mais ou menos) legível. o uso do computador só agravou o problema, me afastando ainda mais do ato de escrever à mão. de modo que quando surgiu a ideia dos *híbridos* ou das *palimagens* (palavras + imagens), decidi retomar o traçado cursivo, porém sem espaço entre as palavras, tal como, supostamente, a escrita árabe. o resultado foi uma escrita quase ilegível mas visualmente interessante e que combinava à perfeição com meu desejo de neutralizar a hierarquia entre letra & figura: por ser quase ininteligível, no limite do assêmico, essa escrita virou um puro desenho, acoplando-se perfeitamente aos grafismos, pois estes não representam nada, sendo, antes, figuras sem significado preciso (eventualmente um ou outro objeto comparece, como jogo do acaso, sem nenhuma função estrita). com isso, creio ter obtido um duplo êxito, que equivale também a um fracasso: nem as imagens são *representacionais*, nem os escritos são *significativos*. todavia, o fato de recorrer a este perigoso suplemento, que são o prefácio e tudo o que se lhe segue como escrita digital e impressa, faz com que certo fracasso se integre, felizmente, à aventura. afinal, não existiria verdadeira ventura sem algum malogro para reforçá-la, ao menos por contraste. um último comentário: não me parece que estes pequenos trabalhos se alinhem legitimamente nem à tradição das *belas letras*, nem à das *belas artes*. diria, em vez disso, que são *rabiscos*, pequenas garatujas, tal como minha antiga escrita cursiva: ora quase ilegíveis (enquanto escritas), ora quase irreconhecíveis (enquanto representações). corri, portanto, o duplo risco de não fazer nem boa literatura, nem um belo trabalho de artes plásticas. conclui-se, finalmente, pelo mero *fiasco* (em italiano, antes de significar insucesso, o termo queria simplesmente dizer "frasco de vidro", e foi apenas por questões anedóticas que um objeto banal ganhou essa dimensão, digamos, negativamente existencial). valha a potência do *quase*!

p.s.: tudo isso começou na infância e em parte da adolescência, quando tive acesso a vários tipos de histórias com ilustrações, revistas em quadrinhos, fotonovelas, livros com disquinhos de fábula musicada & enciclopédia. pude ter assim uma formação visual improvisada, com uma fartura única de imagens & palavras – como se eu tivesse brotado no meio daquelas páginas que minha irmã e meu irmão (mais velhos) antes de mim percorriam avidamente.

rio, janeiro de 2015 – junho de 2017

1- a linha

a linha me toma me revira me buleversa me põe de pernas pro ar a linha não é minha mas é como se fosse ou seja quer dizer como se fosse eu quem inventou a linha EN pois a linha saibam vocês a linha é uma invenção que não se alinha à realidade o contorno dos objetos não tem linha o contorno dos bichos tampouco o contorno dos astros menos ainda nada tem linha contínua mas os antigos desenhistas arranjaram a linha de modo a todo mundo ver linha agora vejo linhas em toda parte linha nas árvores linha nos veículos velozes e ferozes (quanto mais ferozes e velozes mais linhas) linhas nos parênteses linhas nas {chaves} linha também nos [colchetes] linha quando menos se espera na água-oceano skyline linha de baixo linha do centro linha por todos os lados linha aérea linha agônica linha ascendente linha orgânica linha auroral linha branca linha burra linha cheia linha colateral linha costeira linha cotidal linha cruzada linha curta linha curva linha das almas linha das apsides linha de acreção linha de agulha linha órfã linha de alta tensão linha de articulação linha viúva linha de ataque linha de atraso linha de barca ou de barquinha linha de base linha de batalha linha de bubuia linha de caboclo linha de campo minha linha do tempo time line linha de carga de *chumbada* linha de cézanne é linha quase sempre reta comendo as maçãs e as peras por dentro e por fora um verme passeia por entre os girassóis de van gogh é linha dispersa profusa enlouquecida como pequenas setas protéticas >>>>>>>> sem fim linha sem fio é linha doida ou linha partida --------linha que me enreda que nem caracol ssss sem linha nada sou pois se até no nome há linha ninguém passa sem a linha do pensamento porém estou certo de que a linha não existe somente alinha que vai mais além e desalinha um dia EN conheci um homem que tinha rodado o mundo de leste a oeste de polo a polo imaginem sempre em linha reta ou direta entre céu & inferno ele me disse que nunca perdeu a linha a qual tinha quando saiu da barriga da mãe a parteira esqueceu de cortar o fio do cordão e assim ele permaneceu o resto da vida – penso eu – por um fio quando o conheci tinha 101 anos hoje deve estar com 120 nunca vai interromper a linha da vida que o rodeia de corpo inteiro e vai além sem rodeios há linha-baba antropofágica de lygia que se pega entredentes e mastiga mastiga mastiga até partir e virar bolo de linha dizem que a mulher que andou na linha o trem matou piiiiii acho que é mentira de quem tem medo da linha e só quer andar na linha certa mas se o outro escreve)torto(por)linhas tortas(não adianta achar que pegou a melhor

linha ou melhor a melhorzinha sem eira nem beira a linha se desmancha toda
vez que tentamos prendê-la é uma abstração uma brincadeira de poetas sem
o que fazer puxando a linha de lá pra cá e daqui pra lá em invertidos versos
mas a linha verte e reverte depois perverte direto ao avesso que é pra poder
liberar de vez a tábua távola redonda de ponge a coisa de freud das ding o ovo
de clarice a pedra de cabral o cacto de bandeira a pedra no meio do caminho
de drummond a corda de tunga (as tranças & transas de rapunzel, a louca
suspirante do castelo) os cacos de vidro de cildo /através/ a rosa de gertrude
a rosa de rosa a rosa da roseira do rododendro ao redor de ronsard rosa de
rilke rosa morena de caymmi de elis eu hein rosa de vinícius com cirrose
de hiroshima a antirrosa atômica a rosa da rosa de guimarães vermelha de
luxemburgo rosa pink rosa púrpura rosanegra rosalva rosalvo rosazul rosamarela
rosa de pedra de metal risonha mil rosas roubadas para meu amor! vivo à luz
rósea das coisas elas me indagam enigmaticamente fingidas esfinges e eu as sou
elas me são somos uns & outros eu se existo coisa de que não estou certo me
desdobro nas coisas sou entre elas me coisifico e juntos coisamos como quem
ou o quê e coisa & tal tenho muita fé nas coisas feitas de lenha linho & linha
conheço um indivíduo que não diz coisa com coisa adivinhem quem (?!) ontem
me apresentaram à coisa e fiquei todo coisado pois amo a coisa do pensamento
e o pensamento da coisa a coisa e o pensamento pra mim é (quase) a mesma

coisa quer ver como? gosto da coisa-pintura soulages le douanier rousseau rubem valentim vieira da silva imenso picasso tarsila léger hélio kiefer abdias nascimento vão gogo chiaroscuro caravaggio & rembrandt tantos & tontos ou o poema descontínuo lacunar elíptico num lance de lapso com lápis-lazúli lápis na mão nunca antes nem depois a linha me alucina a linha me domina pois só acaba em desalinho EN

2- acenos

quando termina há linha apenas no entretempo de uma linha a outra – *era tudo uma máquina com as letras lá dentro*, a literatura é uma máquina cheia de letras um poderoso dispositivo pleno de potentes impotências dê um comando e a máquina escreve tal como a máquina de escrever e pintar de tinguely metonímia de todas as máquinas de escritura que tttrrrittturrram papéis & tintas tintas & papéis dê novo comando coloque combustível e algumas ideias a máquina-poema escreverá por si só tingindo tudo sem mão sem pé nem cabeça POR ACASO associará ideia sobre ideia coisa com coisa e voltará sobre si mesma como quem reflete as letras saltam aos olhos e não somos nós que vamos fisgá-las pescadores de linha somos não somos deixemos que saltem até atingir as estrelas constelação de aquário (quem tiver olhos que lacrimeje a tarefa é gloriosa e ingrata pensar custa o tempo da existência penso logo não existo não penso logo existo existo logo não penso logo penso não existo vale o quanto não pesa nos ombros entre pensar & pesar um abismo:) anotado à margem de um livro: meu *bilinguismo transversal* quer dizer na verdade com efeito sou *plurilíngue* falo diversas línguas algumas ainda estão por nascer desde criança invento termos e expressões como alinha pró-jeto sincronância desobra desdobra vidobra mundivisão inter*verter* artefeição jubilescência superviver corpoarquivo atrevida artevida & afins meu corretor de texto as sublinha todas em vermelho fico mudo num retumbante silêncio todo enrubescido um choro de acácias rubras rubras rubras a vida medra até na pedra a vida medra da morte isso os fungos entendem muito bem por tanto & tanto a verdadeira vida não tem medo a não ser do excesso de sofrimento na estação estival esses janeiros anunciando fevereiros e março sonhando com irmandades felizes em que irmãs e irmãos se associem indistintamente por amor ao amor como van gogh sonhou com uma fáustica comunidade de artistas no sul da frança longe de paris os ares de arles cidade de estrelas espocadas fogos de artifício ali todos se reuniriam pela *liberdade de traçar* e um ajudaria o outro a outra a ser mais livre no amor da arte que é amor da vida que é amor do próximo mas sobretudo do distante amor do desconhecido do destino que se ignora e portanto se deseja tanto era ali então que o sábio louco voador holandês errante navegante em barco ébrio ou navio fantasma faria sua dissociada associação de amigos na casa amarela que abrigou gauguin onde o quarto com camas cadeiras quadros tanto lembra o quarto de minha infância em camacã mas o sonho era

real demais para dar certo e no final da história o sangue da orelha de van gogh
circulou por entre suas últimas e alucinadas telas em nome da loucura de viver
e ter que sobreviver à estupidez à incompreensão aos obstáculos todos que um
dia sim e outro também se nos impõe a praticidade de tudo queiramos ou não
mas ele foi esticando a linha de sua razão até o extremo do tiro que rompeu
veias e vias abruptamente alinham um sol girassol explodindo os cinco sentidos
sentidos retirando todos os seus sensos e sisos da realidade nonsense non-stop
até se dissipar a estrutura de carne ossos e filamentos assinada van gogh tudo
em vão tudo nulo tudo nada de nada por nada e no entanto por isso mesmo
desenhar escrever navegar viver é impreciso muito além da zona de arrebentação
lá onde as vagas são mais vagas ~~~~~~~~ aquando de sua próxima visita os
danados condenados o acompanharão num cortejo luminoso de pirilampos
e corujas aves noturnas que vivem de colher na escuridão vagalumes também
conhecidos cagalumes piscacu cagafogos cudelumes luzecus siripêndios
luzeluzes lampírides lampírios lampiros lumeeiras lusbisouro lumeeiros
moscasdefogo astrogésilos noctiluzes mirifanhos piríforas saltamartins e uauás
são insetos coleópteros cujas asas formam estojos e são zumbes**ouros** escrínios
como os escaravelhos e as joaninhas a luzinha vem da *luciferina* substância que
em contato com o ar brilha rebrilha tresbilha na imensidão noturna viventes
estelares bioluminescentes como nós quando sob lamparinas quânticas não

passamos de vagalumes vagando sobreviventes por enquanto à catástrofe geopolítica dos bossais mandatários globais EN não

3- rabisco no escuro

nos entregamos à voluntária cegueira da destruição pela destruição guerra & paz paz & belicosas guelras a vida que brilha no breu logo eu atravessado travessão – o que me arruína de saída é que quando desenho estou de olhos fechados mesmo se não se trata de desenho cego me sinto visualmente deficiente desenho cego é aquele que se faz somente olhando o suposto objeto sem ver o papel nem o lápis: segue-se o contorno e a forma mas não se vê o que se traça mesmo quando faço desenho não cego estou ao menos meio cego pois o desenho nunca é o que desejo mas como ele se faz malgrado minha vontade segundo seu próprio desígnio desenhou não viu o pau comeu há uma cegueira enorme em desenhar no escuro pois no fundo de cada imagem há breu para cada visibilidade aparente uma invisibilidade profunda as duas sou eu traçando às cegas espaçando minha insignificante existência (uma imagem sempre oculta outra e mais outra sem falar nas palavras malditas benditas – o que desenho/digo/escrevo/inscrevo/excrevo é sempre menor do que o desejado imaginado sonhado – viver é essa desproporção entre intenção e gesto um incesto bem calculado) existir não tem sentido nem rumo vai-se fazendo ao acaso dos encontros e das vontades por isso é mais *pró-jeto* do que projeto: o que se lança pra frente sem saber aonde vai dar um dardo casual um dado um obus uma flor por desígnio próprio mas enviesado desenho ou/e escrevo todos os dias sem exceção da regra régua em busca de mais singela leveza tentando medir mensurar redesenhar o afeto que me liga à outra/ao outro que não sou mas tento também ser-estar redesenhar o afeto é retraçar o percurso que vem dele ou dela del' até mim (quem, eu?!) puxando a linha espalhando a mancha indicando o ponto . abrindo a lacuna   imprimindo o colorido desenhar é sonhar acordado que o mundo pode ser mil vezes refeito a partir de um debuxo de um dibujo de um croquis de um esboço com o dedo no ar com o graveto na água com a ponta do pé na areia desenho o tempo todo em toda parte mesmo sem instrumento algum só com o olhar de lá pra cá daqui pra lá e com o corpo migrante nômade apud desenhar é dar a ver de outro modo desenhar é puxar os fios e fazer desabar as mais sólidas estruturas pôr abaixo a linha moral da conduta e inventar uma ética do encontro indagando por que somos assim assado e não assim cozido grelhado recheado etc. etc. etc. infelizmente não se pode comer etc. nem dominar ECT esses endereçamentos aleatórios em direção alguma não tenho visão de mundo mas mun/di/vi/são a visão que se divide com o outro/a outra e se distribui **caleidos**copicamente sobre os multiversos em várias dimensões ::::: gostaria de cada dia acordar o mesmo de ontem mal vejo e virei outro um sapo uma lebre um giroscópio um bólido uma casuarina um vulcão nunca o mesmo da véspera quando menos se espera me vejo outrado alterado quimera dragão cuca bruxa fada fado metaflorado metaformoseado em flor figura entre figuras numa paisagem desfigurada aberta ao modo de anselm kiefer e o pífaro de manet sem limites sem balizas sem sem nem com nem sem a experiência do desenho que me leva ao outro lado da margem ali onde o papel acaba onde o teatro apaga suas luzes onde o texto perde o sentido mesmo o nonsense deixa de fazer sentido mesmo o contrassenso perde sentido e a vida se torna semi/assêmica mas não anêmica ao contrário plena de vigor & seiva a isenção do sentido era tudo o que barthes sz buscava é tudo o que desenho cegamente com ou sem nietzsche zs ocorre mesmo quando tem figuras reconhecíveis porém sempre misturadas com outras coisas noutros suportes noutras relações vejam ao sol a girafa do girassol logo no início antilogos ela nada mais diz com suas pernas enraizadas no solo solamente nos olha espantada com seu não-mais-ser-girafa bem ilógica é assim que as coisas ganham nova existência outrando-se isentas de sentido transmutadas em nova dimensão lá onde até a estrutura do átomo perde configuração na afásica física quantificada ;;;;; novamente anotado à margem de outro livro: *la littérature – ce dispositif à* *la fois puissant et impuissant* aliteratura há literatura ah literatura a-literatura é dura persistente jamais vai acabar mas se desdobrar em novas formas modelos suportes caracteres imagens é porque você lê e escreve amada leitora que ela continua resistindo à indiferença querido leitor – a palavra é espelho espéculo onde me vejo todas as manhãs especulo mas se miro com mais atenção há na superfície reflexa um rosto que não é meu mas seu, leitor/leitora, um rosto por assim dizer anônimo e curioso que perscruta cada meandro do traçado me indagando esfingético mas sem o impulso da devoração leitoras, leitores & leitor's dadivosos que até criticam mas por amar o amor e não por amar o ódio todo um capítulo do livro debruado quer dizer com o desenho contornado por *debrum* (qualquer espécie de ornamento em forma de filete geralmente de cor diferente usado para |margear| e ressaltar uma figura uma imagem um sonho um som e também a margem de uma ferida cicatrizante à margem, diz o indicativo indicionário sobre o qual me debruço de bruços) caligrafia cacofonia cacografia tudo aqui em linha on-line EN

4- detritos corporais
(restos de ~~auto~~biographias)

como dizia, todo um capítulo do livro intitulado *literatura & (des)afeto* ainda quando inamistosos ledores abandonam o barco ainda quando o barco se embriaga e cai no abismo estelar ainda assim vige o contrato entre autor e público vedor-ouvidor estamos todos à deriva em busca de um porto inalcançável como o paquete solitário que às seis da manhã se lança à pesca com a linha do horizonte e uma isca a configuração gráfica une desenho & letra por pura designação antes que seja tarde; *o olhar é um pensamento* diz o outro – ao olhar pensamos ou pensamos que pensamos mas ao fechar os olhos pensamos mais e melhor pois o olhar atrapalha um pouco ao olhar nos fixamos em algumas poucas figuras enquanto ao não olhar nos entregamos a um turbilhão de imagens como esses pontos luminosos que proliferam quando apertamos as pálpebras contra a claridade gerando um breu radiante radioativo ********* o olhar sem dúvida é um pensamento mas o não olhar pensa muito mais na infância amava a cabracega porque me permitia ver o mundo na ponta dos dedos era outra percepção da existência num amplo movimento de sondagem ver com outros órgãos renova o modo de ver com os antigos olhos ver com todos os dentes ver com o pulmão ver com as narinas ver com a língua ver com os ouvidos ver com as muitas sensações que invadem os poros sentir a <i-materialidade> das formas dos conteúdos dos sujeitos objetos abjetos projetos projéteis subjéteis planetas insetos mamíferos veículos automotores cometas pulsares palavras libertinas em liberdade libertas quae sera tamen prótons nêutrons pérolas plantas aves acicate até não ver mais nada ou pensar as feridas que somos por não ter sido o que queríamos por continuar não sendo o que queremos por jamais poder ser o que quisermos ah o querer do querer o mais querer bruta flor blumen blossom que se aniquila aqui mesmo (entre duas montanhas a beleza solitária quase desamparada em todo caso *abissal* do cu

O cu é lindo! disse a outra desvairada & lúcida cu é filé mignon nham nham) são essas as feridas elementares impressas na pele tatuagem translúcida a marca d'água do desejo que ninguém dessedenta ir ao banheiro é ato solitário como a masturbação ninguém deve em princípio nos acompanhar nessa escalada do vaso quando ali nos desfazemos em detritos um tanto de nossa humanidade desce pelos esgotos e é irresgatável suores peidos fezes arrotos urinas lágrimas sentidas hemorragias salivas espermas mestres mênstruos são secreções que condenamos ao desprezo embora sejam a parte mais essencial de nós – a escatologia cotidiana que também ou sobretudo nos dá forma a [[fôrma]] do informe disforme quase amorfo metamórfico – tal como o sêmen-leite-paterno e o leite-materno simplesmente por não querermos desejar aquilo que sai de nós como se não nos pertencesse como se tampouco fosse fruto do desarvorado desejo do ventre e no entanto somos nós ainda de outro modo ao escrever lanço pequenos arrotos peidinhos gritos perdigotos vômitos sangue & outras sujidades na cara de minhas sensíveis leitoras de meus indignados leitores que sempre esperam fragrâncias flores cores sedas essências & doçuras de seu a(u)tor um bastardo ator nem tudo são rosas sem o que enoja não há literatura mas fantasia cor de rosa versiprosa nefelibata – e havia na nada inocente infância a nefanda fábula que rezava que meninas são feitas de pétalas de madrepérolas de lilazes de não sei mais o quê enquanto meninos são feitos de porcarias de grossuras de pedradas e não sei mais o quê, o problema é que eu achava mais atraente o odor dos garotos o jardim de minhas delícias mas também brincava com as bonecas a arquibroibida traquinagem – restos resíduos resquícios de antigas ~~auto~~biografias convertidas em alterbiografias – biografias de, por e para os outros/as outras que me habitam desde a nascença – são vestígios de identidade negrobranquíndia branconegríndia indiobranconegra escorrendo pelo ralo pura perda; *a mão que escreve vale a mão que lavra* (rimbaud) tudo é questão de mãos de faina manual o corpo vai junto e não tem limites a massa corporal se espraia pelo sistema solar galáxia a fora universo a dentro adentro escrever & lavrar são o mesmo ofício ambos vão e voltam incessantemente revirando a terra o papel a tela o mundo o escritor é um semeador suas sementes são lançadas ao acaso umas frutificam outras morrem outras bem ou mal o semeador de van gogh d'après millet é suplente do pintor tanto quanto do escritor todos trabalham pela disseminação dos sentidos aos quatro ventos do opaco em fúria desde o raiar até o findar do dia existem até os semeadores noctívagos não são muitos aqueles que atravessam madrugadas cultivando vigilantes noturnos faroleiros em ilha deserta caminhoneiros de carga pesada larápios mas também babás cuidadoras enfermeiras médicas de plantão ladras a maioria prefere a luz para garantir a germinação onde quer EN

5. detritos corporais 2
(o nome & outras quinquilharias)

que o grão caia e prolifere; afirmar necessariamente a beleza da imperfeição porque vai contra a perfeição da beleza num mundo num universo num multiverso onde vige o precário a incerteza a improbabilidade a nebulosa da existência e há também muito espaço para o feio no entanto bonito para quem o ama – somos quem não somos, quem? ou o quê? ninguém responde por certo mas isso é bom dispensa Deus deuses anjos demônios santos e todo o cortejo celestial é chegada a hora dos ruminantes e dos homens, dos homens e mulheres ruminantes das crianças com seus brinquedos colossais ciranda cirandinha atirei o pau no gato-tô-tô esconde-esconde bola de gude pião bola e bilhar tudo gigantesco desmesurado descomunal aos olhos infantes o mundo dos adultos é promessa eternamente adiada nossa terra prometida é aqui agora *criança não tolera futuro* quando ninguém sabe acabará criança quer tudo de uma só vez e pronto devora com os olhos o que a barriga não aguenta somos todos crianças ansiosas pela totalidade dos presentes no natal e depois para um guri uma guria o mundo jamais acaba tudo são tesouros escondidos príncipes encantados histórias da carochinha até o pesadelo se justifica com a bruxa má o lobo mau a moura torta lembro da mais terrível das fábulas aquela do figo da figueira em que a madrasta enterrou a enteada sob uma figueira sem que o pai soubesse um dia o jardineiro ouve a vozinha da menina choramingando pelo figo da figueira e narrando sua historinha *jardineiro de meu pai não me corte os meus cabelos, minha mãe me penteou minha madrasta me enterrou pelos figos da figueira que o passarinho bicou xô passarinho xô passarinho da figueira de meu pai*, assim o pai descobre a maldade encarnada e expulsa a mulher de casa em memória da menina-árvore – ouvia tais contos sem desconto na fazenda do pai e ia dormir sonhando com meninas enterradas em quintais xô xô passarinho nos tornamos crianças ao escrever inventamos mundos onde adultos matam amam sonham constroem desconstroem fantasiam adoram realizam e mais verbos que tais o mundo das crianças é igualzinho ao nosso mas em escala menor mediada miniatura elas têm o verme da invenção na barriga sou ainda o menino que sonha e tem pesadelos reais xò, xô passarinho pelo figo da figueira havia também muita troca de figurinhas de gudes de carrinhos um troca-troca intenso inaugurando jogos da maturidade uma sofreguidão de gozar ainda sem os aparelhos prontos a festa antes da hora em plena inocência alegrias do corpo quando e onde são marcas pro resto da vida irremissíveis tatuagens de fogo o primeiro amor passando pela fresta a primeira festa a primeira aresta a atroz cicatriz no ventre)(até a morte era inauguração na vizinhança: o marido flagrou o irmão com a esposa e disparou um horror de tiros sobre o desnudo casal como entender como dar sentido ao que não tem não tinha nunca terá foram assim meus oito anos entre lágrimas risos folguedos e fogos no corpoealma estas de-composições verbais os mais caros despojos de um **corpo ardente** são figuras abstratas que se recortam contra a linha do horizonte ____________________ narro muito resumidamente em síntese por alto com muitas elipses em suma o suprassumo do que houve não houve não podia haver e o quadro-negro contava por antecipação os piores dias sem que tabuada cartilha ou dever de casa dessem conta do que se passou sem jamais passar nunca passará a matéria escura de que também somos feitos o outro lado do espelho onde se cresce e se diminui ao sabor da loucura alheia do desvario nem o recurso da caligrafia salvava cadernos e mais cadernos preenchidos todos em vão pois escrita diz agora a professora primária dona dice é destino não há como mudar cinquenta anos depois a *cacografia* vira desenho num traçado cursivo emendado remendado de arremedo recorrente sem fim só fio estendido rumo à precária eternidade pontes – escrevo excravo para melhorar a letra que todavia continua escapando esquiva excrita entre os dedos libérrima ao correr da pena tento inutilmente corrigir as penas eis o ilegível que no entanto se pode ler de outro modo como cifra sem palavras tudo névoa nada tempo de resistir tempo de amar tempo de colher tempo de semear tempo de ter tempo tempo tempo de acabar com o tempo e a temporada das aves temporada no inferno estação de espinhos rosas mimosas urzes cruzes velas novelas e o amor como força universal juntando tudo impedindo o desabamento final ao menos por ora ora # escrever tem algo de excrementício pois precisamos nos livrar de inconvenientes lembranças nos interstícios do tempispaço #

6. o ponto
(outras audições)

os meandros da memória as circunvoluções do cérebro os abismos do pensamento ali onde nada se sustenta onde fazemos preces profanas ao amor onde acendemos fogueiras de paz onde restauramos a escrita primitiva de encontros afetos paixões paragens tal é a saga tal o instrumento tais os anônimos protagonistas "nós" aqui até a doçura trepida até a leveza pesa até o riso chora e vice-versa: a amargura se imobiliza o peso alivia o choro sorri tudo *inter*verte em tudo os contrários se tocam se trocam tudo muda nada permanece igual até se transmutar novamente as coisas dançam a dança da mudança e nada é com efeito amargo cindido inóspito <<<<<<<< há uma inacreditável abertura ao impossível e aí respiramos respiramos respiramos como peixes fora d'água aspirando a sobreviver mais além da linha na entrelinha do pensamento animaizinhos rompendo a barreira do sono e adentrando o saguão da escola o chafariz no pátio ensinava a gotejar a fluir a jorrar lições de coisas & de casa meu homework um sapato um carro um anelzinho de madeira que se partiu e tanta culpa gerou uma fissura uma brecha uma rachadura uma frincha uma fenda sem ofensa uma greta uma falha (o olho rasgado de buñuel prorrompendo a tela de Fontana licht mehr licht! luz quero luz!):

uma certeira frecha a gangorra erótica finalmente revisitada antes da ré-pressão eu & ele no balanço lanço aguardando a melhor hora de parir o amor atrás da cerca pulamos para jogar o delicioso jogo primeiro eu! não primeiro eu! e aí vamos de boca em estopa de quatro até o grito da outra interrompendo o coito feliz dos infantes sol negro da cinza melancolia aos trancos muros obstáculos barrancos rumo ao campinho onde rapazes jogavam ora bolas e era uma tarde morna de ares mortos e humores postos o mundo contado a partir dos fins depois as férias os banhos de rio os homens nus em quadros cézannes matizados de azuis rosas lilases fúcsias e a dúvida até o eterno retorno escolar de onde nunca se escapa somente se lançando novamente às águas revirando o curso contracorrenteza rumo à nascente renascer noutro nascimento no nome a contrassaga a contrassenha o contrapesadelo o antídoto a reverberação de alegrias corporais espadanas espadas braçadas espaçadas mergulhos no poço sem fundo no sumidouro dos homens os infatigáveis banhistas lá nas terras do sem fim de camacã & cacau chocolate caseiro as espoletas androceu gineceu ginandroceu o mundo é seu meu nosso como recuperar o passado mais primitivo se o que funciona são desmemórias um imenso e negro buraco absorve até a luz até as sombras até as mais frágeis lembranças até o osso do opaco como o quase sufocamento mortal por ingestão de querosene deixado no copinho do bebê pela babá distraída o mundo escureceu; tudo é uma questão de tempo eterno retorno de um tema que tanto amo e o tempo é somente o que nos falta junto com o espaço brotamos atrasados no lugar errado meio fora da época somos todos mais ou menos temporãos em busca de acertar a boa hora antes do minuto final daí enfrentamos tempestades ciclones chuvaradas granizos nevascas inundações coriscos e outras intempéries até de areia até de obuses o tempo nunca nos deixa em paz do berço à tumba procuramos matá-lo antes que nos mate sonhamos ser intemporais atemporais mas extemporâneos intempestivos destemperados que somos acabamos antes do tempo previsto sempre cedo ou tarde demais nunca a tempo de conferir o bilhete de loteria que nos salvaria do desconforto temos surtos cronológicos desejo de dominar soberanamente a temporalidade quando vemos fomos humilhados a estrada passou e já não há mais #espacitempo para nada ninguém nenhures nunquinha irmanado com o espaço o tempo impera sobre deuses faunas floras minerais & fantasmas nada no reino natural ou desnatural escapa ao espacitempo sempre curvo curto intervalo gap ou vácuo   onde tudo deve se passar e passar

como se o passatempo maior do próprio tempo fosse amortalhar o que existe

para melhor triunfar dentro ou fora de si

7. talhos (feridas)

mesmo sem tempo faz tempo fiz com têmpera cálcio & calma uma homenagem
ao tempo pois bem o tempo passou e o monumento de hera se desfez já era
sob nossos olhos temporalmente atônitos estamos encharcados de #tempispaço
até os ossos não por acaso apodrecemos com os frutos e as raízes ////////////
ninguém escapa passamento geral nenhum vivo nenhum morto nenhuma
suprema divindade nada escamas contemporâneas,,,,,,,,, é como se o Tempo
resumisse tudo o que existe uvas meninos rãs constelações cruzes gases luvas
portais curvas matas etc. em seu arquivo geral para em seguida incendiá-lo o
tempo deve ser o maior incendiário de todos os tempos daí a fúria corrosiva o
modo como a ferrugem o lodo a sujeira o cupim o bolor o gorgulho a praga
o fungo tomam conta de tudo inclusive do orgulho a vã vaidade e a boca
de lobo temporal engole tudo ninguém se subtrai às voragens e visagens do
tempo aos talhos e retalhos desferidos na carne há tempos conheci um rapaz
um gênio que aspirava à atemporalidade imediatamente eterna morreu dois

meses depois do encontro em total anonimato nenhum escrito seu sobreviveu
ficou afamado o tempo não perdoa cobra a dívida com moras juros e demais
dividendos é o grande contador universal ninguém lhe foge o que dizer desses
desenhos pré-escritos que driblaram o tempo nas paredes em diversos lugares
do globo será que seus artesãos imaginavam que sobraria um dia algum rastro
da passagem deles realmente de passagem? em altamira são raimundo nonato
em terras diamantinas em lascaux e nessa incrível fulguração da gruta chauvet
em ardèche a mecha com seus cavalos e bisões quase em altíssimo relevo ou
3d milênios atrás tirando proveito da saliência rupestre contornando corpos
dando relevante volume à superfície *consignada* quem imaginou esse
mundo a tropel atropelando formas explodindo conteúdos nos antecipando
muitos séculos antes do primeiro homo sapiens sapiens? de onde vem tanta
inteligência tanto talento tanto desprendimento senão do *dom* que nos deforma
forma transforma informa muito além do transmutante final dos tempos
os artesãos primitivos dão lições de arte e pós-arte aos artistas de hoje tal
como arthur bispo do rosário genial louco muito sensato dá lições de anarte
a gerações de antiartistas com seus mantos seus assemblages seus cortes &
costuras sem fim só fio e uma tontura de palavras repetidas em miríade tudo
dentro de um sanatório quase sem saúde com a lucidez de quem tem ingente
tarefa a cumprir não perante os doidos humanos mas perante a divindade única

– que nunca existiu mas a força da fantasia é mais poderosa do que a ilusão em si assim vale a fé embora erradia como tudo o que é intenso e dadivoso inoperante a obra opera sua própria não obra ou desobra desdobrando-se a obra nunca cessa de operar e desoperar vive de suas muitas operações e inoperâncias nunca idêntica a si mesma – digo isso enquanto ouço a ópera-prima as valquírias a vaca-que-ri-e-sofre – ou seja o dia a dia é o que há de mais difícil de descobrir simplesmente porque nossa memória é falha tente lembrar de tudo o que aconteceu no dia de ontem e sentirá logo a vertigem do desvario são tantos fatos tantos pequenos eventos e quase nada é aproveitado seguindo para o ralo sujo o esgoto geral e é por isso que estou convencido de que somos feitos de *desmemórias* esquecemos de quase tudo e lembramos de muito pouco o suficiente para sobreviver na risca limítrofe entre razão & desrazão o viver diário não cabe em si dormir sonhar acordar ir ao banheiro ligar o computador tomar um café ler as notícias escrever eXcrever descrever desescrever inscrever o executado executivo ir ao escritório encontrar colegas trocar informações reunir-se com a equipe tomar decisões discutir conversar brigar sair para o almoço voltar para mais reuniões até o findar da tarde pegar o metrô de volta a casa encontrar o amor jantar ver tv ler as mensagens responder folhear um livro fazer amor até extinguir a luz de mais um dia e no dia seguinte recomeçar como um rito do qual se tenta extrair um prazer uma inusitada alegria que de fato acontece mas nunca se sabe se é plena ou parcial pois a nau prossegue e há fazeres ínfimos para configurar uma existência total aquela que um dia se resumirá numa plaqueta num dístico talvez *no fundo quem morre são sempre os outros* diz duchamp nunca eu pois "eu" não morro jamais no dia em que eu morrer o espacitempo não mais existirá ao menos para mim – e o operário de fato opera as máquinas tornando-se peça das mesmas exceto quando se redescobre em protesto coletivo contra a exploração ancestral executada pelo pai patrão o patriarca que oprime rouba esgota todas as classes economicamente abaixo de si abaixo a sem-vergonha servidão involuntariamente implantada em toda parte ah força de trabalho se de súbito no mundo inteiro o maquinário parasse as ferragens travassem a usura se exaurisse! mas sei que é utopia sonho de novo mundo que a desumanidade desfaz contrafaz para nunca mais..............

8. o vácuo

9. sinais de vida

.... e não fará sentido algum dizer estou morto morri acabei de morrer
para o eu morrer só se conjuga no infinitivo presente ou no impossível futuro
quando deixará de fazer sentido há o incontornável o que não se contorna
porque não tem contornos precisos () o cotidiano somos nós de ordinário
pessoas comuns vivendo suas vidas comezinhas sem nenhum destaque a não
ser quando o lance rompe o tecido monótono da existência e gera um raríssimo
evento no mais todos os dias são relativamente iguais dia morto dia posto
dia após dia rotineira e infalivelmente e porque são comuns é preciso viver
tais dias como uma epopeia tornando-se o herói de uma jornada fadada ao
fracasso e por isso mesmo bem-sucedida todo dia pode ser o último e desse
modo qualquer dia é especial tocar na mesa em que se come no vaso em que se
descome excretando na escrivaninha em que se proscrevem os minutos sentir
o peso dos objetos flutuantes escutar a música do aparelho como se nunca
olhar pela janela e redescobrir a paisagem mesmo quando não há olhar para

os livros um a um // // \\ \\ dando-lhes novas vidas falar ao celular não por hábito mas pelo desejo de escutar o grão da voz alheia ir ao cinema como quem assiste à última sessão ainda que seja a primeira andar pelo parque sem destino como quem busca nova destinação tocar o amigo o amante a amada como se acabasse de conhecer viver o como se como pura verdade mais como do que se dispensar o condicional para habitar uma vez que seja a incondição revirar a cota do co-ti-dia-no ao avesso e perder para sempre o direito são exercícios de revificação numa intensa etnografia de si como outro estranhar-se para melhor se reconhecer atingir o grau zero de tudo para recomeçar de novo e de novo e de novo não há fórmula de escape mas linhas impossíveis de fuga na palma da mão e reencontro daqui pra lá de lá pra cá a riqueza do dia a dia que adia e alia a linha está em sua dismorfia há tantos modos de ler os textos do mundo & do multiverso no ocidente nos prendemos ao verbo e seus saborosos vícios tudo pode acontecer embora haja regras estritas a vida é um grande pleonasmo com interregnos festivais o que me encanta na jornada diária é o fato mesmo de um dia vir após o outro infalivelmente o planeta não interrompe sua rotação menos ainda sua translação sua transa em torno do sol que também ele gira em torno de si e em torno de um obscuro centro da galáxia da via leitosa já a lua gira em torno da terra e de si mesma ajustando os dois movimentos em fina sincronia de modo a vermos apenas uma de suas faces iluminada luminosa relumiante não há no universo um único objeto sujeito abjeto ou excelso que não gire em torno de si e de algo giramos todos num fluxo contínuo descontínuo por isso somos todos uns mais outros menos giros do nascente ao poente de janeiro a dezembro de um milênio a outro giramos sem parar essa é uma banalidade que vale por tudo o ritmo estacado feito de avanços >>> e <<< recuos do viver sem pausa mesmo quando em repouso nenhuma dialética especulativa consegue resgatar o que se perde nada como um dia atrás do outro e mais outro daí continua a se buscar e a se perder fundo bem fundo profundo até atingir a superfície do outro lado deste espelho há um cotidiano insuportável tedioso sórdido até mas há outro cotidiano feito de espantos de incertezas de venturosas aventuras os dois se cruzam constantemente numa só existência fazendo deste conviver que é um viver-com um único tecido uma trama variada uma sensível textura & contextura como escritor faço o tempo todo desenhos de observação com os olhos bem abertos – que são também desenhos de cego já disse – para não perder nada do que cai na mesa do que se passa no vão de uma plataforma do que escorre pelos canos do altíssimo prédio do que se anuncia na poeira do deserto atacama é aqui um verdadeiro escrevinhador nada desperdiça excavo embora no final das contas muito pouco seja retido o melhor talvez se evada por entre as falhas das malhas ou por entre os dedos que tentam recolher o precioso metal o peixe cobiçado a joia rara a pérola austral seria preciso saber

saber mas como sabê-lo antes de o conhecer tal ou qual?!... mistério dúvida descrédito e por isso mesmo se move a coisa nunca para o pensamento pensa pesa e se repensa com e além da razão; o dia de hoje é feito de pequenas ruínas a principal delas é a da identidade quem sou eu para o porteiro de meu prédio um morador a mais ou a menos quem sou para o moço da banca de revistas para o padeiro para a caixa de supermercado para o pedro pedreiro? um cliente a mais que não fará falta alguma se jamais voltar no máximo um pagamento de menos a beleza & a tristeza do reviver diário estão no anonimato esse olhar sem rosto esse rosto sem pele essa pele sem traços me surpreendi certa feita quando uma caixa falou comigo como se me conhecesse ela era tão anônima para mim

10. entrelaces

quanto imaginei que fosse para ela não nos tornamos amigos mas percebi que para ela eu era o cliente para mim ela também se destacou mas pouco tempo depois se tornou mais uma anônima por trás da caixa de supermercado hoje sou incapaz de identificá-la entre tantos rostos essa é a ruína fundamental do viver urbano nos impossibilitando o contato pessoal no máximo permitindo o enlace formal mas também amo essa capa anônima que me cobre impedindo olhares curiosos que só se manifestam se estou baudelairianamente com roupa extravagante ou quem sabe naquele dia – mistério mistério mistério – especialmente atraente afora isso sou o mais comum dos mortais se for atropelado precisarei ser identificado por um próximo no iml meu rosto não me dá identidade autenticada pois é a rua mais do que qualquer outro espaço que funda e afunda a existência diária ali todo mundo é "quem?" a vida pulsa sem sentido nem responsabilidade nem fins para ter fim é preciso entrar no banco na farmácia na casa lotérica e dar alguma personalidade ao existir corriqueiro do ordinary people pessoas comuns que tanto amo o jornal agora anacrônico verte tododia as verdades banais sob luz-espetáculo tentando levar à grande história o que carece de valor o jornal é um inventor de valores para preencher o vazio o periódico teatraliza as estórias para se salvar e nos salvar da eternulidade todas as guerras os casamentos os golpes as exposições os filmes os livros as lutas os lutos os falecimentos as ocorrências passam por ali a fim de nos divertir de nos distrair de nos entreter do horror ao vazio que nos toma a medula os miolos o sangue a notícia é o conviver mumificado o engraçado é que o jornal de papel impresso vai acabar em breve virando novidade morta a má ou boa nova da imprensada imprensa só sobrando a versão digital quem lê tanta notícia essa minha filosofia do fait-divers diz o outro amigo pensamentos que assaltam o livro em desassossego capturando o vivo do evento no ar ar ar reinventar uma *arte da respiração* para superviver que é o viver mais e melhor já sussurrei algures alhures nenhures; por que viver por que morrer por que por que perguntas insistentes incisivas persistentes vão e voltam mesmo sem resposta e mesmo se houvesse resposta elas retornariam as verdadeiras perguntas não desistem nunca patéticas querem nossa alma nosso corpo nosso halo e tudo o mais viver/morrer limite dos viventes limite dos animais limite dos humanos aniverbais para cada um que nasce há uma pergunta à espreita que nos acompanha até o fim enlaces desenlaces entrelaces reenlaces em muitos lances o ponto que se estende de linha a linha que vai de ponto a ponto cosendo costurando de sol a sol o fio da existência até que vem a terceira tecelã e corta a fiação o emaranhado a rede vem abaixo não fica nada de pé ante pé costurar para fora coração em bandas a mão na máquina leonam o filho envenenado o descosimento e o descosido o cozido da culinária baiana a impossível memória sensorial como lembrar de um quarto, quinto ou sexto sentido? o narciso não circunciso e o narciso circunciso incisivo com ciso os inconfessos circoncisos circum circo conciso circuncindar circuncisar recortar a pele e recosturar o tecido texto para ser lido mas não se enganem o legível tem sempre sua cota de ilegibilidade nem tudo se deixa ler como se imagina – recentemente um médico declarou sorridente que o câncer é a melhor forma de morrer mais do que a morte súbita mais do que a falência múltipla de órgãos porque com o câncer pode-se beber vinho tomar morfina e se confraternizar a morte dá uma sobrevida para comemoração viva! o douto senhor deve estar seguro do que diz não sei se pensaria o mesmo se adoecesse de neoplasia palavra incrível que concede nova plasticidade até à morte oh sim sim aliás mais do que a doença existe o doente o impaciente paciente encerrado em si enfermado cada um sua história uns certamente tirarão proveito do instável estado outros deprimirão nas circunstantes instâncias outros ainda tentarão o egocídio outros por fim se suicidam não há como prever uma morte feliz por se ter câncer sobretudo se a pessoa é jovem cheia de vigor e susto mas decerto o douto doutor tentou e conseguiu seus minutos de celebridade como ele diz nenhum artigo seu foi tão comentado quanto essa auspiciosa e infame notícia alvíssaras alvíssaras!!! um homem descobriu a fórmula para se sair de bem com a vida ganhe um câncer e uma morte contente de bônus...;;; a obra abria e a loucura começava a obra estava desde sempre aberta engolindo outras refazendo seus tecidos estratos & formas extratos em plena mutação na movência de tudo a forma inestável de nebulosas constelações em formação números e mais números o mais enovelado dos novelos tem uma forma o mais emaranhado monte de feno tem forma a mais bagunçada das balbúrdias tem forma basta procurar dizem que no início era o informe depois no universo as coisas foram se formando e deformando acontece que o informe continua aí latente em tudo para cada forma esplendorosa com sua estrutura acabada seus elementos agenciados há um princípio informal vibrando e ameaçando emergir para tomar conta de tudo súbito as coisas podem derruir em bandas nada garante que eternamente o universo irá sustentar sua carapaça geral há mesmo quem afirme que após bilhões de anos tudo se resfriará e um grande cinza cobrirá planetas sistemas solares galáxias buracos negros até encolher e finalmente desaparecer .... é em meio ao caos que se dá uma *instalação* um modo de estar e não estar ao mesmo tempo de bem-estar e mal-estar nada aí é seguro nada garante a serenidade de nada busco estados de formas para desenhar e me redesenhar: rochedos areia fumaça vapor fogo pelos neblina madeira carnes folhagens tudo serve para me encarnar para adentrar a carne da coisa e me misturar com ela sendo-a desde dentro singelamente eviscerar os viventes e os não viventes virar parte deles esse é um programa de se tornar como num torno se extrai a forma do disforme da massa anônima e anômala um rosto singular da coletividade a mais franca individualidade tudo são formas sem moldes prévios modos de estar acerca da cerca ǂǂǂǂǂǂǂǂǂǂǂǂǂ instalações instauram inaugurando o antes inexistente cada pausa é uma pose no fluxo das sensações uma estase uma formação e uma deformação uma reviravolta no processo geral a forma minhas caras meus caros a forma não passa do resultado final de uma de-formação primeira mera ficção encontramos isso nos poentes nos mamíferos e nos rochedos: o que vemos nada mais é do que a forma alcançada depois de passar por muitas e variadas formações a que damos o nome de macaco chaminé cedro amor cascata avião gente lua dinheiro romance afeto edicétera & tal até as coisas indóceis como as paixões têm forma norma regra geral basta analisar decompondo peça por peça até os elementos essenciais tudo resulta de algo precedente tudo resultará no que sucede o globo o sistema a galáxia o universo o multiverso é a estância transformada de algo que veio antes embora nem sempre saibamos o quê ou quem ou quando ou como indagações que retornam bobamente tentando preencher o vazio essencial que por ser essencial jamais se preenche a espiral é o indicativo da transmutação das formas a partir de um ponto ou de um círculo uma linha se expande descontraindo-se buscando formato até se transfigurar nessa concha nessa mola nessa cornucópia voraz que tudo engole tudo tritura tudo regurgita e finalmente cospe o cuspe sideral siderado sidéreo siderante sider/ativo é um instante um lugar instante ali e quando a coisa acontece o sim! sim! do estante evento vindo advindo provindo num piscar de olhos no coração das trevas – me contradigo voluntariamente: há sim o inexistente nunca visto lido sentido há de haver o que não se repete jamais houve haverá – a espiral aspira ao obsoleto absoluto e depois se esvaece espira expira aceleração e desaceleração no peito do mundo as formas querem variar noutros módulos tudo está no rio como o menino correndo contrário à correnteza e a correnteza contrariando o menino-rio poemário da juventude meu poema-rio ainda ontem roman-fleuve em prosa ou verso controverso reverso adverso inverso transverso pós-verso contracorrente contra correntes o *verbo sonoro visual* enfim liberto – kandinsky diz que tudo começa num ponto discordo tudo começa no traço, informalmente, aí outro traço se junta ao primeiro outro ao segundo sucessivamente - / _ \ – | ^ - até um conjunto de traços gerar uma forma o ponto que ponho numa redoma (.) para mim não passa de um pequeno traço um traço que não ousa dizer seu nome todo objeto toda planta todo animal surgiram de um traço que se juntou a outros espiralmente até darem vez e lugar a uma figuração – una os pontinhos com a ponta do lápis complete o tracejado – _ – _ – _ – _ mais ou menos provisoriamente com prazo de validade no universo tudo tem prazo limite de expiração mesmo o universo está aprazado até ser engolido por outro as coisas ocorrem num curto lapso quando pestanejamos a existência findou o fogo sumiu o navio naufragou na página em branco mas o contrário também pode ser dito o traço não passa de uma série de pontos alinhados que depois se juntam a outros e mais outros do ponto ao traço do traço ao ponto viceversando \\\\\\\\\\ poderia contar toda minha história pelos objetos que possuí as escovas e os cremes dentais os pentes os carros os baralhos as escrivaninhas as gavetas e tudo o que nelas cabe cuecas tesouras papéis livros clipes lenços telefones computadores pastas cadernos etc. etc. etc. cada objeto em seu canto cada objeto tem seu canto todos em conjunto formam uma cantoria geral o canto coral dos objetos que me torna deles sujeito e portanto objeto não há entre mim e eles muita distinção o que fui quem sou quando serei depende de minhas roupas como depende de meus óculos como depende de meu apartamento se os perder todos me perderei para sempre sem identidade alguma no fundo "eu" não passo de um objeto entre outros conformando meu {corpoarquivo} é preciso experimentar o não objeto o não filme o não ser ex-perire atravessar o perigo correr o risco de atingir as paragens muito além da linguagem as instâncias extantes tocar o intocável como quem ouve o impossível silêncio de cage a gaiola do não som o ó do õ não há no universo matéria desprovida de sonoridades caberia extrair o legível do aparentemente ilegível, e vice versa, *inter*vertendo os dois, sem tergiversar – enquanto explico para ele para ela para el' vou me despindo do que já sei procurando me colocar nessa fímbria de luz onde dizem circular os fantasmas e vêm todos os que já se foram silentemente me visitar antecipando a partida dos que em breve seguirão no último trem rumo à nebulosa do nada ali onde tudo principia & termina inclusive o fim o começo enfim recomeço sem voltar ao início e sem ponto afinal é nada EN

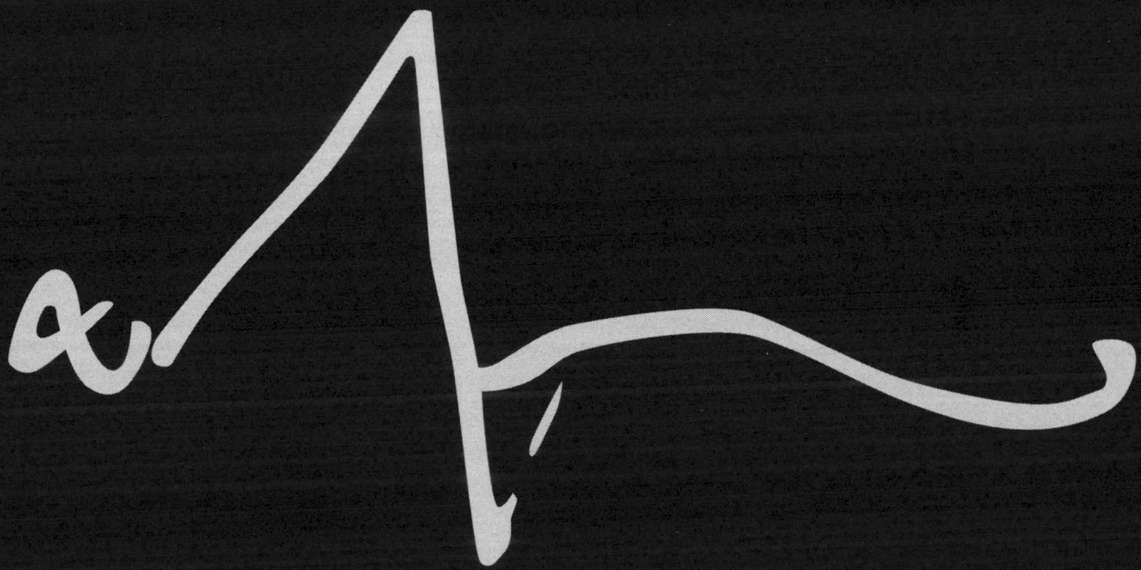

pólen soft 90 gr/m2
tipologia adobe garamond pro
impresso no inverno de 2022